COMBIEN DE LUNES

De la même autrice

Henry David Thoreau, avec Marie Berthoumieu, Gallimard, 2014

Un été avec Proust, collectif, Équateurs/France Inter, 2014

Un été avec Victor Hugo, avec Guillaume Gallienne, Équateurs/France Inter, 2016

H. G. Wells, Gallimard, 2016

Les sœurs Brontë, la force d'exister, Tallandier, 2017 ; 10/18, 2019

Les Incomprises, avec Pierre Grillet et Atiq Rahimi, Michel Lafon, 2021

Des hommes, des femmes, nos libertés, avec Nathalie Wolff, Elsa Oriol et Pancho, Dalloz, 2022

Laura El Makki

COMBIEN DE LUNES

Roman

LES ESCALES
DOMAINE FRANÇAIS

92, avenue de France
75013 Paris – France
Courriel : contact@lesescales.fr

ISBN : 978-2-36569-779-8
Dépôt légal : août 2023
Imprimé en France

Couverture : Hokus Pokus Créations
Mise en pages : Nord Compo

Pour Ollivier et Lazlo

« Chacun de nous semble avoir sans cesse quelque chose à faire, quelque chose qui n'aura lieu qu'une seule fois. Jamais plus. »

Les Vagues,
Virginia Woolf

car ce qu'il s'est passé n'a pas d'importance
seul compte ce qui n'a pas encore eu lieu
mais je sais la soif de comprendre
je sais ce qui traverse les cœurs et construit les jours
les questions les regrets et les choses jamais dites qui resteront au fond quelque part
parce qu'il faudrait soudain un peu de courage
le moment propice qu'on attend et qui ne vient jamais
pour oser aller dans cet endroit arracher les racines
regarder en face ce qu'on a à l'intérieur
le prendre dans ses mains s'en occuper comme d'un enfant perdu
et dire ces choses leur enlèverait du sens de la justesse
tout ce qui les a polies
l'informulable l'inavouable
et elles se multiplieront
toutes les ramifications
les petites branches pousseront sous la peau comme un arbre
elles poussent déjà dans le silence le sommeil quand nous parlons rions mangeons aimons
elles chatouillent la fine écorce
ne les entendez-vous pas pousser parfois
nous les entendrons longtemps si nous sommes chanceux
et nous nous dirons que ce n'est pas possible

nous n'en aurons rien à faire
nous déciderons de les ignorer les moquer les étouffer
parce qu'il faut bien vivre
et pourtant un jour il faudra l'écouter la chérir
la forêt en nous

1
Anna

Avec une agilité parfaite, Anna retombe sur ses pieds. Le mur a frotté son ventre et éraflé ses genoux. Sa peau brûle un peu. « Fais gaffe au chien », dit Pierre. Elle s'est laissée tomber de deux mètres, plus rien ne lui fait peur. Elle longe la façade, évite le gravier qui réveillerait tout le monde et marche sur les gros cailloux qui délimitent les fuchsias, les fleurs préférées de Mme Letourneur, *ex aequo*, aime-t-elle souvent préciser, avec les hortensias bleus. Anna avance en funambule. Le matin arrive. Victorieuse, elle atteint la route et regarde Pierre à la fenêtre. Elle croit voir un sourire sur son visage et lui fait un signe rapide de la main. Le mouvement de son ombre fait aboyer le chien qui se lance après elle. Anna se met à courir, ivre de cette nuit qu'elle n'oubliera jamais.

Dans l'obscurité bleue, son corps se découpe, sec, léger, plein d'une assurance nouvelle. Elle n'en revient pas de ce qui vient de se passer et rit en pensant qu'elle n'est plus la même, que cela se verra peut-être, que les copines, sa mère, son père, sa sœur, ceux qui la connaissent lui demanderont demain si elle va bien, ils seront à l'affût d'un changement, la coiffure peut-être, et elle répondra « non », évidemment, alors que si, tout aura changé. Plus elle y pense, plus c'est clair. Même ces maisons de pierre qu'elle voit depuis toujours, cette route qu'elle foule depuis toute petite et qu'elle connaît par cœur, tout lui paraît différent. La vie n'est plus la même.

Maintenant la nuit l'enserre. C'est une nuit comme un vœu fait avant d'éteindre une bougie et qui s'exauce.

Anna pense à toutes ces fois où le chagrin l'a gouvernée, à ce qu'il faut de force pour tenir, aux choses qu'elle aimerait faire désormais. Tout lui semble possible. Il faut se dépêcher, répondre à chaque intention qui se manifeste. Et même si un jour tout est amené à se défaire, si tout doit s'arrêter, elle saura que cet instant a existé. Dans sa tête, elle en trace les contours pour s'en souvenir, pour après. Les yeux fermés, les poings serrés, elle sent son cœur prêt à heurter ses côtes. C'est donc ça, vivre. Elle court et son corps ne ressent pas la fatigue. Au loin, elle aperçoit les rondeurs franches de la lune qui perce derrière les arbres. Certains semblent flotter sans tronc dans le ciel noir.

Arrivée à hauteur de la rivière, elle s'arrête pour reprendre son souffle. L'air charrie une mélodie indistincte, le cri d'un hibou, des feuilles nerveuses, des branches qui craquent, et le courant léger avec son bruit de toujours. Anna plonge sa main dans l'eau. De petites vagues se forment au contact de ses doigts puis de grands arcs souples, et sur cette toile qui lèche sa peau, elle n'arrive pas à distinguer ce qui s'y reflète, la pierre voisine, son visage ou l'ombre du grand saule qui flotte à côté. Elle boit, pose ses doigts frais sur sa nuque, et repart.

La route monte en faux plat. Elle poursuit tout droit, passe au coin de la « mortelle », devant le Christ sur sa croix, elle résiste au point de côté qui s'installe, elle entend d'ici son père qui dirait que ça se corse. Depuis dix ans au moins, il s'entraîne pour le marathon mais déclare forfait dès qu'il s'agit d'y aller. C'est avec lui qu'elle court d'habitude. Les dimanches matin, ils vont jusqu'au mascaret. D'une même foulée, ils filent droit vers la vague et, quand la terre n'est pas trop molle, ils rejoignent le vieux presbytère en ruine de l'autre côté sans jamais dire un mot, sauf quand Anna sent la petite aiguille derrière ses côtes. Alors son père lui dit de vider ses poumons, complètement, de souffler. « Voilà, encore et... inspire ! » Anna sait comment faire. Elle vide ses poumons et maintient sa foulée, comme son père le lui a appris. L'aiguille disparaît. L'air lui chatouille la gorge. Elle ricoche sur le sol.

Le vent soulève les graminées géantes qui ornent les grilles entrouvertes du domaine. Anna évite les chaises abandonnées sur la pelouse, le fouillis du tuyau d'arrosage et s'agenouille comme on prie à hauteur du lion en granit qui surveille la porte. Il a les muscles saillants et une crinière massive. Dans l'escalier, il y a une photo d'elle assise à côté de lui, elle doit avoir trois ans, son bras est posé autour de son cou. Sa mère a toujours aimé qu'elle prenne la pose et lui a appris à sourire, même si l'envie lui manquait. C'est ainsi que se bâtissent les souvenirs chez elle, en ayant l'air heureux.

Anna glisse sa main entre les deux grosses pattes et saisit une clef. Elle reprend son souffle et fixe les yeux déserts de l'animal qui a tout vu, qui voit tout depuis si longtemps, et elle pense aux secrets qu'il garde. Des choses lui reviennent en tête. L'impulsion est forte. Anna la sent venir et s'échapper, soudain nostalgique d'un instant qu'elle aurait voulu retenir.

Dans la maison, ça sent encore le repas du soir, une odeur de légumes bouillis et de vin. Les pièces muettes attendent d'être envahies. Anna pense au peu d'heures qui lui restent avant que le réveil sonne, au contrôle de maths à 10 h 30, aux dix balles qu'elle doit à Lucie. Hier, elles avaient trois heures devant elles, elles ont marché le long de la départementale pour aller en ville dans le magasin qu'elles préfèrent. Anna a essayé un rouge à lèvres très rouge. Dans le miroir, elle ne s'est pas reconnue et cela lui a plu d'être quelqu'un d'autre. Lucie lui a dit « Prends-le ! Il te va trop bien. » Et Anna a répondu « J'ai pas assez sur moi et puis ma mère voudra jamais que je mette ça. » Alors Lucie a ouvert son porte-monnaie, un cœur au tissu abîmé auquel elle tient plus que tout. « Tu me les rendras. » Elles étaient reparties en se tenant par le bras, le rouge à lèvres dans un étui doré qu'Anna ne porterait probablement jamais mais qui était une promesse, qui scellait une amitié que les deux jeunes filles voulaient indéfectible, surtout Lucie qui la faisait passer avant le reste, les cours, la famille et bien sûr les copains. C'était elle, la gardienne de leurs phrases fétiches, des gestes, des goûts et des souvenirs communs, de tout ce qui s'amoncelait comme un trésor imprenable et que chacune chérissait sans se le dire.

Anna monte l'escalier, longe le couloir tapissé qui file jusqu'à sa chambre, passant discrètement devant celle de ses parents puis devant la porte vitrée qui mène au grenier. À cet instant, elle ferme les yeux, un réflexe de l'enfance, comme si cela pouvait la protéger de la peur ridicule qui est là, tapie en elle, avec ses images informes, ses mains énormes, toutes ces chimères qui ont fini par la façonner entre autres choses inoubliables : les amis imaginaires, les carnets enfouis sous les matelas, les rires sur la balançoire, les étreintes et les pleurs aussi, et puis ce que les doigts ont désigné à l'horizon, les nuages comme des histoires, le vide des dimanches après-midi, ces moments où l'on sait que quelqu'un vous manque.

Elle tombe en étoile sur son lit. Les bruits vagues de la maison s'estompent et elle n'entend plus bientôt qu'une branche caresser la vitre de sa chambre, et son cœur tambouriner.

Demain, maintenant déjà, la nouvelle vie.

Elle s'endort tout habillée, l'odeur de Pierre sur sa peau. Son corps à lui encore en elle.

2
Ethel

Le froid lui tire des larmes. Elle n'aurait pas dû mettre de mascara. C'est pourtant son plaisir, « sa coquetterie » dit son mari, et il souligne souvent ce mot d'un geste appuyé avant de s'éclipser, la laissant comme sur le bord de la route, ne sachant trop où aller.

Ethel s'essuie le coin des paupières. Elle pense à ce mot prononcé par Josselin et à tous ces mots, toutes ces phrases qu'ils n'échangent plus, à la parole qui entre eux a étrangement disparu et au risque que chacun prend, quelquefois, pour la faire de nouveau exister. Elle réfléchit, tente de se souvenir du moment où ils ont cessé de s'adresser l'un à l'autre, se demande comment leur vie peut, depuis si longtemps, s'organiser dans le silence. Elle a peur de trouver des réponses. Dans le noir, elle imagine que tout va bien.

Elle est passée très vite. Des cheveux qui volent et une foulée légère, presque pas de bruit. La petite Anna. Enfin, petite, plus vraiment. Elle a l'âge des grandes choses et elle doit le savoir. Le meilleur à venir, pense Ethel, le meilleur, juste devant.

C'est plutôt rare de voir passer quelqu'un à cette heure-ci, une heure qui n'appartient qu'à Ethel d'habitude. C'est le seul avantage de son travail, un privilège même : connaître ce temps d'avant le jour que la plupart des gens, toujours endormis, ne connaîtront jamais.

Elle jette un œil à l'étage de la maison. L'essaim n'est plus là. Josselin a fait le nécessaire, c'est ce qu'il a dit hier. Il avait dit la même chose la semaine dernière mais elles bourdonnaient encore entre les pierres, elles avaient pénétré les poutres et, d'épuisement peut-être, s'étaient laissées mourir sur le sol. Ethel n'avait pas osé les toucher, elle avait toujours eu peur des abeilles. Dans le silence, elle avait assisté à leur mort et observé leurs abdomens tremblants sur le parquet, hypnotisée par la finesse de leurs ailes aux reflets opalins.

Ses pieds sur le gravier brisent un silence qu'elle aurait voulu total. À chaque pas, elle regrette son élan, s'arrêtant parfois quelques secondes, retenant comme elle peut son poids pour mesurer ce qu'elle va de nouveau déchirer. C'est tout elle ça, la précaution dans l'intention, la peur infinie de déranger le monde. Josselin dort là-haut. Ils se sont couchés tard hier, elle n'a presque pas dormi.

Elle repense au dîner, les courbes de la viande, le feu qu'il aurait fallu chahuter. Elle avait si peu parlé, elle aurait pu s'en charger. Et la voix de Suzanne qui repose son verre tout juste rempli, ce verre de vin qu'elle n'a pas bu et cette phrase : « On a quelque chose à vous annoncer. » Ethel savait exactement ce qu'elle allait dire, et elle aurait voulu ne pas être là pour l'entendre. Elle avait posé ses couverts, levé les yeux vers Suzanne, vers Adalric qui lui tenait la main, et elle avait senti la vague arriver, « C'est pas vrai ! », elle avait souri, joué la surprise et la joie, disant ce que n'importe quelle amie aurait dit à cet instant, « C'est merveilleux ! T'es à combien ? Tu te sens comment ? », et dans cette comédie qui la sauvait provisoirement du naufrage, elle avait renversé son verre, le vin s'était étalé comme du sang sur la nappe qui était fichue maintenant, et elle avait ressenti une peine immense qui l'avait écrasée, une peine inconnue, idiote, et elle avait regardé Josselin qui ne disait pas un mot, n'endiguait pas le vin. Josselin, qui n'avait aucune idée de ce qui se passait en elle.

Ethel les avait raccompagnés à la porte et elle avait remarqué la délicatesse des genoux de Suzanne, ses chevilles, les attaches fragiles de ses articulations. Elle avait de belles jambes. Suzanne avait serré sa main très fort. « On fait un truc toutes les deux bientôt ? » Ethel avait fait oui de la tête et s'était sentie obligée d'ajouter « Je suis si heureuse pour vous », c'était une évidence mais il fallait s'en persuader encore. « Je t'appelle demain ? » Suzanne avait embrassé sa joue chaude et Ethel avait retenu sa main encore un peu, elle voulait la garder auprès d'elle, lui dire un mot peut-être, juste prendre quelque chose de son bonheur et de la force qui désormais l'habitait et allait grandir, et elle s'était dit : « Avec un peu de chance, cette force traversera ma peau, pénétrera mes veines, mon cœur, l'irriguera d'un coup et pour toujours et je serai sauvée. » Elle avait serré la main de Suzanne comme elle boirait à une source. La vie, peut-être, viendrait la contaminer.

Ethel s'engouffre dans la voiture. Elle pense à la route, aux champs humides, à l'inconfort de ce trajet sans relief, au vide de ce pays de pierres qui, au fond, ne lui a jamais plu. Cette vie à la campagne, elle l'a pourtant voulue. Elle cherchait un endroit pour calmer ce qui la consumait, elle n'en pouvait plus des rêves, de leurs décombres, elle avait tout fait pour que quelque chose arrive mais rien n'était arrivé et elle s'était demandé jusqu'où aller encore, à quel moment elle mettrait un terme à tout cela, et un matin, elle avait tout lâché, tout laissé derrière elle. La cuisine où elle aimait réfléchir, son bureau recouvert de livres, la chambre, les vêtements, les photos et Louis qui, comme chaque jour avant de partir, l'avait embrassée dans le cou et avait claqué la porte. Il ne rentrerait pas tard, il achèterait du pain sur le chemin, ils se raconteraient leur journée avant de tomber de fatigue. « À ce soir ! » Elle avait entendu l'ascenseur s'ouvrir en bas, le porche grincer et se refermer.

Elle n'avait pas vraiment réfléchi. Elle était perdue, elle voulait se trouver. Mieux, devenir. À la gare, elle avait regardé l'écran des départs et elle avait pensé à ce chiffre entendu à la radio il y avait quelques semaines. Dix mille. C'était le nombre de personnes qui disparaissaient chaque année dans le pays sans qu'on retrouve leur trace. Dix mille, c'était beaucoup, et elle se demandait où étaient tous ces corps, s'ils étaient encore vivants, s'ils se cachaient, comment vivre sans être vu. Ethel avait souvent pensé à disparaître. Pas mourir, juste s'évaporer. Elle s'était demandé comment effacer les traces qu'on laisse sans s'en rendre compte, elle aurait aimé avoir le pouvoir de la mer qui avale en quelques secondes les châteaux de sable qu'on a mis des heures à construire. Elle avait pensé aux autres aussi, au chagrin que sa disparition causerait. C'était une idée tordue, l'espoir inavouable qu'elle puisse être regrettée. Voie 9, un train partait. Devenir, peut-être. Elle était montée dedans sans le dire à personne, sans prévenir sa mère, ses collègues, ses élèves, sans un mot pour Louis. Juste avant, elle avait jeté son téléphone dans une poubelle. Elle avait aimé tout reprendre de zéro, décider de l'histoire à écrire. Elle était une femme libre, après tout. De choisir, d'essayer, de rater, de souffrir. Un couteau qui joue à se planter entre les doigts.

Parfois, elle frissonnait de son audace. Ce que certains rêvent de faire en silence, tout quitter, tout oublier, cette petite révolution de l'âme qu'on tente par tous les moyens de faire taire, elle lui avait donné sa chance. Pour inaugurer sa nouvelle vie, elle s'était teint les cheveux et elle avait travaillé comme serveuse au bar-tabac du coin. Elle y travaille encore. Le patron avait accepté de ne pas la déclarer, de ne pas poser de questions. Elle gardait un œil sur les journaux, quelqu'un la cherchait peut-être mais les nouvelles tombaient et rien ne se passait. Son évaporation fonctionnait.

C'est là-bas, un matin, qu'elle a rencontré Josselin. Il venait presque tous les jours acheter ses cigarettes. Il habitait plus loin, dans les champs. Il disait toujours « Ma terre, mes bêtes. » Sa maison, c'était sa mémoire et sa vie.

Josselin était né et avait toujours vécu dans la région. Comme les autres, il ne fermait jamais sa porte à clef avant d'aller dormir, il savait comment les vieux se tuaient, au cidre ou aux poutres des granges, les jours de pluie et de solitude. Il avait grandi au milieu d'hommes et de femmes dont le cœur avait disparu, qui ne lisaient pas, sortaient peu et n'avaient jamais appris à aimer. Ethel savait tout cela quand elle s'était installée avec Josselin, qu'il était rempli d'une colère capable de se fracasser contre n'importe quoi pourvu qu'elle sorte et qu'il n'ait plus à la subir. Elle l'avait vu faire, tuer un agneau, découper du bois, sans jamais retenir son bras ni douter de son devoir. Ses gestes fendaient le vide et la matière. Elle gardait de ces instants des images brèves et nettes : le soleil pâle à travers les branches, l'herbe humide sur les bottes, cette odeur de terre qui flotte. Elle avait tout de suite aimé Josselin, elle n'aurait su dire pourquoi.

Ethel ajuste son rétroviseur et frotte le contour inférieur de son œil, léchant un peu son doigt pour éclaircir la traînée noire. Elle met les clefs sur le volant. La voiture s'emballe légèrement et le moteur, comme épuisé, grince en continu. Elle essaie de nouveau, s'acharne, soudain grossière. Elle éventre son sac, cherche entre les mouchoirs, les tickets de caisse et un vieux gilet son téléphone tout juste rechargé qu'elle trouve éteint. Dans le coffre, sa main pressée trouve le parasol de l'été dernier. Le sable colle à ses mains moites et se loge sous ses ongles faits de la veille. Dans un coin, une vieille lampe torche qui ne sert jamais. Foutue, elle aussi. Un léger vent fait lentement plier un arbre contre la porte ouverte. Un grand bras feuillu caresse la tôle et frôle Ethel qui croit un instant être en danger. Mais elle aime avoir peur. Elle a toujours pensé qu'ainsi, elle pouvait exercer son courage.

Ethel lève la tête vers le ciel et regarde la lune comme si c'était la première fois. Elle s'étonne qu'elle soit si grande, si belle, elle se demande pourquoi elle ne la regarde jamais et si elle a toujours été comme ça, grande et belle. Elle ferme les yeux pour les reposer et sent le sommeil la prendre. De petites boules noires, bleues et rouges flottent comme des feux follets sous ses paupières puis se réunissent pour former une boule unique et incandescente. Elle rit, se sait ridicule. Ça fait si longtemps, elle pensait en être débarrassée, mais elle doit bien reconnaître l'évidence. Elle est là, tout habillée dans le jardin, en pleine nuit, alors que tout le monde dort. Elle fait une crise, elle en est certaine.

3
Josselin

Comme toujours, c'est la porte qui le réveille. Josselin connaît la partition par cœur. Les pièces traversées, la prudence des pas dans l'escalier aveugle, les meubles frôlés, le manteau qu'on décroche et les clefs qu'on attrape. Tous les recoins de cette maison, les poignées et les fenêtres sont gravés en lui. Parfois, des silences se font plus longs que d'habitude et il se demande ce qu'Ethel peut bien faire, pourquoi elle ne bouge plus. La bouche déformée, le regard vainqueur dans le miroir, à se faire belle pour quoi, servir le café derrière un comptoir ?

À ses pieds, le chien, si tranquille d'habitude, ne cesse de couiner. Régulièrement il se lève, va jusqu'à la porte de la chambre, revient, tourne sur lui-même et se recouche. Josselin s'assied sur le bord du lit et lui gratte l'encolure. D'une main, il écarte le rideau et la lame crue de la lune mange ses yeux. Il aperçoit la silhouette d'Ethel. Elle époussette son manteau et marche en direction de la maison. Il attrape sa montre. 2 h 36.

« Allez, viens. »

Le chien s'ébroue. Josselin enfile un tee-shirt, un pantalon. Il ouvre la porte mais son regard s'arrête sur le mur. La faille. Elle a poussé sans crier gare, comme la tige d'une fleur, entre un tableau et l'armoire. Elle est là depuis longtemps et semble progresser un peu chaque jour quand il a le dos tourné. « C'est pas vrai. » Il s'approche d'elle à pas feutrés, comme s'il avait peur qu'elle ne s'enfuie, la caresse pour lui signaler sa présence, coupe son souffle pour l'entendre s'enfoncer dans le mur, imagine les brisures infimes du plâtre, de la pierre en dessous, les craquements délicats, comment cette maison peut encore tenir, si l'on peut vivre dans quelque chose qui s'écroule. Il ne sait pas quand elle est apparue, le moment de son arrivée dans cette chambre et dans sa vie. Il ne sait pas non plus jusqu'où elle ira, si un matin elle sera, qui sait, sous ses pieds. Il contemple la faille et se dit qu'il faudra la combler. Demain, tout à l'heure, il ira acheter de l'enduit. Il la fera disparaître.

Il se souvient l'avoir vue pour la première fois enfant. Il aimait entrer dans cette chambre, celle de ses parents. Il y avait une odeur de bois ciré intense, qui l'excitait et l'écœurait à la fois. Il entrait avec le sentiment de l'interdit et il regardait le lit, le gros édredon rabattu sur les coussins, le christ en bois suspendu au mur, qu'il a fait enlever depuis. Il n'en revenait pas de cette immobilité, du silence des objets, et le miroir tacheté qui le reflétait, lui, Josselin, avec ses boucles châtains et ses yeux verts que tout le monde trouvait beaux. « C'est pas un violent, disait sa mère, il est pas capable de faire du mal, il fera des choses un jour, il en a dans la tête vous savez. » Ce discours, comme un refrain, l'aplomb gênant de cette voix, de ces mains qui le décoiffaient, elle avait toujours fait ça avec ses cheveux devant les autres, comme pour dire : « Il est à moi, c'est moi qui l'ai fait, regardez ! » Elle le voyait à l'université, « en Amérique ». Elle embêtait son mari pour les économies, son fils serait la preuve qu'on pouvait quitter ce trou. « Ton fils, il ferait bien d'apprendre à cogner un peu, c'est un gars oui ou merde. »

Les murs de la maison étaient fins, on entendait tout, surtout ça.

Josselin, dans la chambre d'à côté, se demandait pourquoi sa mère ne répondait pas, pourquoi elle restait ici, à quoi sa vie aurait pu ressembler ailleurs, loin de la cuisine encombrée et du papier peint mimosa. Elle avait appris à se taire. Ses rares interventions s'estompaient sans bruit comme la fumée disparaît. Josselin avait passé son enfance à regarder sa mère, à observer son ballet mutique et à se demander si ses parents s'étaient aimés un jour, comment ils avaient pu se plaire, leur corps se toucher, ce que l'un avait trouvé à l'autre. Il ne connaissait rien de leur vie sentimentale, c'étaient des histoires de grands, « du passé ». Mais quand même, ce jour-là, il y a longtemps, quand ils sont passés à l'acte, ils auraient pu faire autre chose, regarder leurs pieds ou les étoiles. Les adultes, en s'aimant, ne pensent jamais aux autres, à ceux qui vivront pour leur goût du risque.

Le chien a déjà dévalé l'escalier. Josselin arrive dans le salon. Les aiguilles de l'horloge sont collées l'une à l'autre et indiquent 6 h 30. Il veut les remettre, elles retombent à chaque fois comme des bras trop lourds.

La porte d'entrée s'ouvre. Ethel souffle dans ses mains froides. Josselin demande si « ça recommence » car il sait très bien ce qu'il se passe. Il se souvient des premières nuits passées avec elle, il n'avait jamais entendu parler de somnambulisme et Ethel, bien sûr, ne l'avait pas prévenu, de crainte sûrement qu'il ne la rejette, et il se souvient de sa silhouette dans la nuit, d'Ethel en train de compter les draps, de monter et descendre l'escalier, d'éplucher des carottes dans la cuisine alors que rien, encore, ne lui était familier ici, mais elle avait trouvé les ustensiles, elle avait ouvert les bonnes portes, fait les gestes les plus ordinaires sans se tromper, sans hésiter, se blesser, et puis son corps était venu se recoucher près du sien, comme si de rien n'était. N'importe qui aurait eu peur. Lui s'était dit qu'il n'était pas le seul, que les autres aussi étaient bizarres. Et puis, il avait pu sentir qu'Ethel l'aimait et cela lui avait suffi. Il pourrait vivre avec elle. Cette maison dans laquelle elle déambulait les yeux fermés, sans même la connaître, pourrait devenir la sienne et il apprendrait lui aussi à aimer cette femme, ça viendrait forcément. « C'est rien, retourne te coucher. » Elle s'approche pour l'embrasser, sa peau est fraîche, elle sent le musc. « Ma voiture est en panne, tu pourras m'accompagner tout à l'heure ? »

Dans la salle à manger, Josselin attrape un verre de la veille et boit le fond d'une traite, un reste épais de rouge qui lui paraît sucré. Dehors, il entend les bêtes. Elles sont sur la route.

La maison de Josselin jouxte celle d'Adalric. En passant par la porte arrière de la cuisine, on arrive sur une petite allée de roses. De ce côté, le toit est bas. Josselin se penche et se met à hauteur des fenêtres quadrillées aux voilages d'un autre temps, un héritage de la famille de Suzanne dont elle ne veut pas se séparer. Ces voilages ont vu la guerre, survécu aux obus tombés du ciel, ils sont pourtant intacts. Arrivé devant la porte d'entrée, il pose ses mains en visière contre la vitre. Deux ronds jaunes flottent dans un coin et clignotent parfois. Le chat. Josselin siffle avec ses doigts, guettant l'étage immobile. Un oiseau prend son envol au-dessus de lui et fend l'air avec violence, incapable de s'élever. Josselin le regarde se débattre avec la gravité, lutter pour ne pas toucher le sol.

En haut, une lumière s'allume et la silhouette d'Adalric apparaît. Il soulève le rideau et fait un signe des yeux, un signe indiscernable pour les autres mais qui définit à lui seul leur amitié. Josselin et Adalric savent, sans se l'être jamais dit, qu'ils feraient tout l'un pour l'autre.

« Ça va ? » Le chat profite de la porte ouverte pour filer dehors. Le chien de Josselin le poursuit, ils disparaissent dans les buissons. « Les bêtes sont sur la route, la clôture tient pas. » Adalric boutonne son pantalon et allume une cigarette. Josselin sait ce qu'il pense : il a passé la journée d'hier à la réparer, cette clôture, c'était du solide. « T'as l'heure ? » Josselin regarde sa montre. Deux heures trente-six, toujours. Il hausse les épaules. À une trentaine de mètres sur la route, une vache balance sa queue sur son flanc et fait s'élever une fine poussière qui flotte, scintillante, dans l'air vide. Adalric tire fort sur sa cigarette. « On y va. »

Il enfile ses bottes, fourre sa chemise et se saisit d'un fusil dissimulé derrière une pile de manteaux, qu'il met en bandoulière. Il a passé le permis il y a plusieurs années, il se débrouille bien, et puis ça rassure Suzanne qui s'émeut des faits divers sordides dans les journaux, partagée entre la crainte de leur potentialité et le plaisir que leur lecture procure. Josselin n'a rien pris avec lui. Il s'empare d'une pelle qui traîne, la bascule sur son épaule et ouvre la marche.

La lune dessine leurs ombres qui s'étirent jusqu'au ravin d'en face et grimpent le long des frênes centenaires. Le chien les précède. Il se retourne de temps en temps pour s'assurer de leur présence et trotte joyeusement vers le troupeau immobile. Les vaches, collées les unes aux autres, tiennent leurs têtes droites. Les rayons blancs tombent sur leurs oreilles dansantes, éclairent leurs fronts et posent sur leurs yeux une ombre molle qui gonfle leurs orbites. On dirait qu'elles n'ont jamais vu un homme. Josselin et Adalric s'approchent, ils savent ce qu'ils doivent faire. Les vaches appartiennent à Josselin, mais le terrain c'est celui d'Adalric. Ils s'étaient mis d'accord, ça remontait à loin.

La première chose qui les étonne, c'est le calme.

« Tu prends ce côté ? » Adalric contourne le troupeau, pose ses mains sur le flanc chaud d'une bête. « Allez, ma belle, allez, là, là », et sa voix ralentit, elle se fait plus grave, il chuchote des mots que les bêtes seules peuvent entendre. Il pousse l'une d'elles pour la faire reculer, met tout le poids de son corps contre l'animal qui renâcle. Josselin prend le dos de la pelle et fouette la route pour les faire réagir.

Elles ne bougent pas.

« C'est quoi ce bordel ? » Il renifle l'air. La brume recouvre le bocage et ce tapis blanc, translucide, est d'une beauté inhabituelle. Des pans de collines surgissent au loin. Face à Josselin, la route, la seule du village, s'estompe peu à peu, on devine son coude sous les bruyères. Elle s'enfonce sans crainte et, dans cette soumission, accepte de disparaître, happée par on ne sait quelle profondeur. Le ruisseau court sur sa droite, dans un creux de boue, sans jamais faiblir. Son courant vif perce la terre depuis toujours, affrontant les obstacles, creusant des détours, et s'écoule ainsi entre les cailloux et les branches, sans arrêt. Josselin pense pour la première fois à l'éternité de cette eau, à son élan, à ces jours qui passent et à ce ruisseau qui demeure.

« Hep ! T'es avec moi, là ? »

Adalric s'essuie le front, inspectant le troupeau inerte. Il prend l'une des vaches par le collier et la tire vers l'avant pour lui faire faire un demi-tour. « Bouge, mais bouge ! » La vache résiste, ouvre des yeux effrayés et mugit si fort que les autres s'agitent. Le chien commence à japper. « Assis ! Reste là ! » Il y a un léger remous, puis les cloches, accrochées au cou des bêtes, tintent toutes ensemble et forment un grondement sourd. Josselin, comme pour préparer sa défense, lève ses mains et hausse la voix, mais le flot s'amplifie, les bêtes tremblent, une charge semble grandir de leur multitude, et c'est le souffle rauque qui sort de leurs naseaux qui fait reculer Josselin. Elles avancent, front vers l'avant, prêtes pour la liberté. « Viens m'aider ! » Adalric court vers lui pour faire barrage. Il agrippe des cornes au hasard, fixant son regard dans celui d'un animal qui, d'un mouvement de tête, refoule son corps. Le troupeau s'enfuit. Josselin est projeté d'un coup dans le ravin.

Il regarde les bêtes galoper au loin, le chien les poursuivre en aboyant. Il se relève, s'approche de la clôture qui a cédé. Plusieurs lattes de bois sont brisées, certaines écrasées. Il observe le champ, la terre piétinée par les sabots, les fondrières abandonnées, l'empilement fragile des bottes de foin, il s'avance et ses chaussures disparaissent dans une bourbe huileuse tandis qu'il écoute le silence de ce monde familier. Sur la toiture percée de l'abri miroite l'eau de l'abreuvoir. Des lignes s'agitent. Josselin voit se dessiner des formes plus ou moins géométriques et même un visage.

« Josselin ? »

Il regarde encore, les lignes agitées et les lattes de bois brisées. Comment la clôture a pu rompre, pourquoi le troupeau aurait fait ça ?

« Josselin !
— Quoi ? »

Adalric a le doigt pointé sur lui. Josselin touche son dos. Sa main est couverte de sang.

4
Gautier

« Et ta bagnole, elle s'allume ? »

D'abord, Gautier a cru rêver. Une voix familière dans son sommeil. Il n'aurait su dire à qui elle appartenait. Puis il a compris que Josselin était juste en bas. Dans sa maison.

En haut des escaliers, Gautier penche sa tête et voit, entre les barreaux, la porte d'entrée grande ouverte, son père de dos, et Josselin et Adalric qui s'agitent en face. Leurs mains montrent la route, passent dans leurs cheveux, essuient leur front. Un petit cratère de feu flotte dans le vide. Josselin l'écrase contre le mur de brique et provoque un nuage d'étincelles.

« Je comprends pas, c'est toi le pro, non ? »

Gautier entend son père répondre qu'il est plombier, pas électricien. Il doit se pencher encore pour voir Josselin qui n'a pas l'air content. Il perd l'équilibre. « Gautier ! Remonte dans ta chambre ! » Mais Gautier est déjà en bas quand son père dit « OK, je viens avec vous. »

« Tu vas où ?

— Je reviens.

— Je t'accompagne. »

Et avant que son père puisse répondre, il glisse sa main dans la sienne.

C'est la fin de l'automne, peut-être l'hiver. Il fait froid, les jours ont raccourci, et dans les arbres il n'y a plus rien. À leurs pieds, cachées dans les herbes touffues, des pommes pourrissent et des noix attendent d'être ramassées. Gautier marche vite. Il doit faire deux pas quand les grands n'en font qu'un. Josselin a rallumé une cigarette. Il jette des yeux furtifs à droite, à gauche, et recrache la fumée qui tournoie derrière lui comme un fantôme s'échapperait de son dos. Gautier ne sait pas où ils vont. Ses lacets se dénouent sous ses yeux. Il n'ose pas s'arrêter pour les refaire, il ne veut pas stopper l'équipe dont il fait tout juste partie. Le grand mur de pierre apparaît sur la gauche, un rempart si on veut son avis. La maison des Letourneur, avec un jardin comme dans les magazines, des fleurs partout et de l'herbe sur laquelle personne ne marche et qui n'a pas le temps de pousser. Normal. Paulin vient passer la tondeuse tous les jours.

C'est Josselin qui tape à la porte. Trois coups nets qui font déguerpir une souris cachée sous un caillou. « Papa, pourquoi on est là ?

— Pose pas de questions. »

Josselin tape encore. Il se mord la lèvre, fait quelques pas et s'immobilise de nouveau. Une voix aiguë traverse les murs et assure que oui, oui, elle arrive.

« Bonjour messieurs, que se passe-t-il ? » Gautier entend son père commencer une phrase mais Josselin lui coupe la parole.

« Désolé de te déranger, on a un problème, Jean-Noël est là ?

— Je peux vous aider peut-être ? »

Mme Letourneur croise ses bras sous sa poitrine et Gautier voit Josselin fixer ses seins qui apparaissent à travers le tissu de sa robe de chambre avant de le regarder, lui, d'un air rageur, et il baisse immédiatement les yeux vers ses lacets défaits. Il sait qu'il ne faut pas dévisager les gens. Il repense à ce que son père lui a raconté, à ce qui est arrivé à Josselin il y a longtemps, et il se demande si ça lui fait encore mal. Jamais il ne lui posera la question, ça pourrait raviver la blessure. Raviver, c'est un mot qu'il a appris à l'école la semaine dernière. On peut dire ça d'une flamme ou d'un souvenir.

« Le courant est coupé, on a besoin des clefs pour le transformateur, et puis... » Josselin change de ton. Si c'était son père, Gautier n'oserait pas discuter. « Il faut qu'on parle au maire. »

Derrière, le parquet craque. M. Letourneur s'approche, les yeux collés de sommeil, suivi de Pierre, un tee-shirt noir avec un éclair jaune au milieu, comme si le tonnerre déchirait le tissu. Il mâche un chewing-gum.

« C'est quoi le problème ?

— Je peux m'en occuper, chéri, une histoire de courant.

— Il est quelle heure ? »

Pierre lève légèrement le menton vers Gautier, un truc que font les grands au lycée pour se dire bonjour ça va, et il est heureux de cette familiarité, il a toujours considéré Pierre comme le grand frère qu'il n'a jamais eu. Il aimerait être comme lui plus tard. La même coupe de cheveux, le même genre de vêtements, et les mêmes notes en sciences. Pierre est une tête, mais il n'a jamais l'air de travailler. Gautier aspire à cela, aussi, il cherche encore la méthode. Son père retire sa casquette, on dirait qu'il salue un général.

« On sait pas justement...

— Vous savez pas quoi ? »

Contre le mur, Josselin fume une énième cigarette et se met à tout raconter. Le troupeau qui a pris la fuite, les horloges qui ne fonctionnent plus, les téléphones éteints, les voitures qui ne démarrent pas. Parfois il s'arrête, le temps que la fumée entre dans sa gorge, et Gautier comprend que tout le monde est suspendu à sa parole, que Josselin les tient tous alors qu'il ne fait que parler et fumer, rien d'autre, et il pense à son père, avec lui c'est tout le contraire. Quand il parle personne ne l'écoute, il n'a jamais compris pourquoi.

Gautier tient toujours la main de son père, elle est devenue moite, il essaie de bouger ses doigts un peu engourdis. On entend Pierre mâcher son chewing-gum, son père lui dit d'arrêter, qu'il n'arrive pas à réfléchir, il répète « Il faut que je réfléchisse ! » plusieurs fois en se tenant les tempes, et il évoque une panne générale, le gel qui peut détruire les câbles et les moteurs, il dit qu'il faut penser à ces éventualités. Mme Letourneur parle de la météo, elle dit qu'on n'a pas vu arriver l'hiver cette année, et sans prévenir elle traverse le jardin en courant, pieds nus, le noir l'avale quelques secondes et la recrache doucement, affolée. « Pégase ! » Sa jument pommelée. Elle n'est pas là non plus.

Gautier, lui, a une autre hypothèse. Il sait qu'il a sept ans, qu'il doit se taire, mais dans ces moments-là toutes les idées sont bonnes à prendre, non ? C'est bizarre que personne n'y pense, aux romanichels. Son père lui a expliqué qui ils étaient. Qu'ils sortaient la nuit pour piller les potagers et entraient même parfois dans les maisons pour vider les frigos. Gautier n'en a jamais vu mais il les imagine petits, habiles, un peu poilus, ils n'ont pas d'yeux, leur bouche occupe tout leur visage et des feuilles immenses habillent leur corps car la nature est leur seule maison et a fini par les recouvrir. Peut-être que, dans leurs acrobaties, ils ont cassé les câbles électriques ? Peut-être qu'ils ont voulu faire un tour en voiture, mais sans les clefs, ils ont déréglé le système ? Il réfléchit. Ça le démange.

« C'est peut-être les romanichels ? »

Toutes les têtes se tournent vers lui. Son père desserre la main qu'il tenait fort et dit qu'il est temps de rentrer. Gautier voit la gêne sur son visage, comme s'il avait dit une bêtise. M. Letourneur donne rendez-vous à tout le monde à la mairie et s'éclipse. Josselin écrase sa cigarette, Adalric opine légèrement de la tête en direction de Mme Letourneur et conclut d'un « Madame » pour tous, et ce mot a l'air de lui faire très plaisir car malgré l'émotion d'avoir perdu son cheval, elle fait une petite révérence comme dans les cours royales.

Gautier se cale sur les pas de son père qui rejoint déjà la route à grandes enjambées. Il ne l'a pas attendu, ne lui a pas pris la main. Il court pour le rattraper. Derrière, il voit Pierre qui l'observe sur le seuil de la porte. Il a envie de faire comme lui tout à l'heure alors il lève légèrement le menton pour dire « À un de ces quatre. » Pierre, qui n'est plus qu'une ombre au loin, ne bouge pas. Gautier accélère le pas. Il ne sait pas s'il a bien fait.

comme les rochers
l'eau ne m'emportera pas
elle a essayé
est montée
y parviendra peut-être si jamais la tempête venait
c'est ce qu'ils attendaient

que je trébuche

ils sont venus de toute part même les enfants qui
d'habitude me fuient
et moi je veux les voir grandir
qu'ils donnent tort aux autres
connaissent les secrets du cœur

j'ai senti leurs regards leurs yeux gravés en moi leur souffle
comme ils se sont agités
protégés des éclaboussures

que je tombe

mais les gouttes les ont touchés
ils ont aimé ça mais ne l'avoueront jamais
pourquoi sont-ils venus si ce n'est pour me voir mourir

je les ai fait venir je n'ai pas eu peur
mes chevilles de pierre m'ont sauvée
malgré l'herbe qui s'est nouée en ruban autour
et l'eau soudain épaisse ridée

que je tombe
mais j'ai dansé

5
Anna

« Ma puce, réveille-toi. »

Son père a posé une main sur sa joue. Depuis toujours, le même geste. Le bout de ses doigts derrière le creux de l'oreille, sa paume qui enrobe le haut de son cou et le pouce qui caresse lentement son nez. Anna adore quand la main de son père se pose ainsi sur son visage. Cette main pourrait être inquiète, remonter vers le front, guetter la température. Après tout, c'est une main de médecin. Elle aurait pu, depuis tout ce temps, dire la colère, l'index vers le ciel, gronder la petite fille, reprocher quelque chose à l'adolescente, avertir la presque jeune femme. Mais la main de son père n'a jamais fait ça. Anna l'a longtemps prise pour un coquillage qui s'ouvre, elle y avait déposé des bouts de papier minuscules, pendant des années elle avait replié les doigts, les avait dépliés, repliés, à l'infini, elle avait mis des mots à l'intérieur. Déjà, à l'époque, ils ne se parlaient pas beaucoup, juste l'essentiel, mais par ce mécanisme, ils s'en disaient des choses. C'était un jeu qu'elle adorait et qu'elle avait arrêté d'un coup, mais les mains de son père sont toujours là à envelopper quelque chose, sa joue, sa main de temps en temps, elles sont un socle, ce qui lui permet, quand elle pense l'avoir perdu, de retrouver son équilibre.

« Ma puce. »

Anna pose sa main sur la sienne et ouvre les yeux. Son père est assis sur le rebord du lit, ses lunettes rondes entourent ses pupilles noires.

« Je dois m'absenter une heure, peut-être deux.

— Mais t'es pas de garde normalement, si ?

— C'est pas l'hôpital. Je t'expliquerai.

— Et maman ?

— Elle dort. Il faut qu'elle se repose. Tu sais.

— OK.

— Tu t'occupes de Mado ?

— Oui.

— Il n'y a plus de courant. S'il y a un souci, je suis à la mairie. »

Il l'embrasse et se lève.

« Qu'est-ce qui se passe ?

— Je t'expliquerai.

— Pourquoi tu vas à la mairie ? »

Son père traverse la chambre. Anna chasse les draps qui la recouvrent et s'apprête à se lever.

« Attends, je viens avec toi.

— Tu dors en jean, maintenant ?

— J'ai bossé tard. »

Elle se dit qu'elle peut trouver mieux et précise « Pour le contrôle de maths. »

« OK. »

Ce qu'elle aime le plus chez son père, c'est sa pudeur, quand il comprend, sans en prendre ombrage, que la vérité lui est peut-être soustraite. Dans ces moments-là, il appuie doucement sur ses lunettes pour les caler en haut de son nez en signe de renoncement.

« Reste ici. Je ne serai pas long. »

Anna regarde son père sortir de sa chambre. À chaque fois, elle ressent la même chose en le voyant passer la porte. Du calme, de la sécurité. Elle se souvient de toutes ces soirées où ses parents recevaient des amis, les dîners qui n'en finissaient pas, la musique qu'on montait avant le dessert, et elle, petite, jurant qu'elle ne veut pas dormir, qu'elle veut veiller avec les grands, et qui pourtant s'assoupit dans le moelleux du canapé, certaine qu'elle peut s'enfoncer dans le sommeil parce que les rires sont là et la protègent. Et son père qui la porte jusque dans sa chambre au milieu de la nuit, qui la dépose sur son lit, elle qui ouvre un œil et le voit sortir. « Bonne nuit ma puce. »

Elle cherche son téléphone. Il est peut-être chez Pierre. Mme Letourneur mettra la main dessus, elle fera des déductions, elle essaiera de l'ouvrir, est-ce qu'elle voudra le lui rendre ? Il faudra alors faire la conversation, dire quelque chose à cette femme qui n'attend que cela, parler.

Une petite silhouette se faufile sous les draps. Ça sent le shampoing à la noix de coco.

« Tu me fais une place ? »

Anna dégage un oreiller et le tend à sa sœur qui s'immerge dedans.

« T'es tout habillée !

— Et toi, t'as les pieds gelés.

— Il est parti où papa ?

— Il revient. Dors.

— Et t'étais où, toi, tout à l'heure ?

— Dors, je t'ai dit. »

Anna s'imagine à la place de Mado, avoir son âge et une grande sœur, tous les mystères qui doivent s'engendrer dans sa tête, la matière différente du temps, des émotions, les nouveautés du corps qui change ou qui ne va pas tarder à le faire, tout ce qui va bientôt se taire ou s'éveiller. Pour l'instant, les murs de sa chambre sont tapissés d'images de chevaux et de cartes du monde avec les reliefs dessinés, elle improvise des chorégraphies devant le miroir, dessine des donjons sur des feuilles quadrillées et a commencé la broderie sur un tambour. Elle est plutôt douée. Elle a déjà écrit « Madeleine » en rose et en lettres capitales. Personne ne l'appelle comme ça, pourtant. Depuis toujours, c'est « Mado ». Mado viens te brosser les dents, Mado n'arrache pas les touches de la télécommande, Mado a du caractère, et puis, elle a des théories, Mado. Sur l'espèce humaine qui est une poussière de poussière parmi les autres poussières dans l'immensité de l'univers, et si seulement les gens le savaient, alors ils pourraient relativiser les problèmes du quotidien. Et sur les vendredis et samedis soir qui sont les meilleurs de tous car elle ne dort pas à l'internat et qu'elle retrouve son château, comme elle dit, ses chevaux, ses donjons, et qu'elle peut aller se coucher quand elle veut surtout.

« Je dirai pas, promis.
— Je n'ai pas bougé de ma chambre.
— C'est pas vrai. Je t'ai vue dans le jardin.
— Impossible.
— Juste avant Adalric.
— Arrête un peu.
— Il est passé pour parler à papa.
— Je te dis que je ne suis pas sortie.
— Tu mens.
— Pourquoi il est passé Adalric ?
— Change pas de sujet.
— Alors laisse-moi tranquille. J'ai une interro. Y en a qui bossent le samedi matin.
— Allez ! Après je te laisse, promis.
— On verra demain, tu veux bien ?

— On est déjà demain. »

Anna se redresse et appuie sur l'interrupteur de sa lampe de chevet. La panne, elle a oublié. Elle demande à Mado si elle a faim. Mado a toujours faim.

Dans l'escalier, Anna enroule ses doigts autour des cheveux blonds de sa sœur. Mado se dérobe. « Attends ! Je te fais des boucles. » Elles font la course jusqu'à la cuisine.

Sur la table, il y a un cageot de pommes du jardin. Deux jours qu'elles sont censées les éplucher. Il faut les faire cuire pour ôter leur amertume. L'opération peut durer des heures. Elles crépitent, brunissent et seulement après, ça commence à sentir le caramel. « Tu veux quoi ? » La main d'Anna attrape un paquet de biscuits au beurre. Mado grimpe sur l'évier pour atteindre le placard dont elle extrait un autre sachet. « Tu devrais pas, c'est ouvert depuis longtemps. » Mado, assise sur le bar, balance ses jambes et vide le contenu dans sa bouche.

« Alors, tu me dis où t'étais cette nuit ?

— T'arrêtes avec ça ?

— Je sais, de toute façon.

— On peut parler d'autre chose alors ? »

Anna rassemble les miettes du paquet dans sa main et les fait glisser dans sa gorge. Mado ne la lâche pas des yeux.

« Tu veux que je te dise un secret ? Mais tu le répètes à personne.

— OK.

— Comme ça, chacune connaît le secret de l'autre.

— Si ça t'amuse.

— Maman. C'est à cause de moi qu'elle est malade.

— Tu racontes n'importe quoi.

— Je te dis que si.

— Qui t'a dit ça ?

— Personne. Je me suis renseignée.

— Comment ?
— Sur des forums.
— Tu vas sur des forums, toi ?
— J'ai utilisé l'ordinateur de papa.
— Et il le sait ?
— Si tu pouvais ne pas lui dire.
— Tu connais son mot de passe ?
— Bah oui.
— Je dirai rien si t'arrêtes de croire à ces bêtises.
— C'est vous qui me faites croire à des bêtises. Le père Noël, ça te dit quelque chose ?
— Tu vas pas remettre ça.
— Je suis passée pour une débile à l'école.
— Viens par là. »

Anna embrasse le haut de son crâne et, tout en s'enivrant de noix de coco, tout en enroulant ses doigts autour de ses cheveux, elle se souvient d'une phrase de son père quand il la mesurait contre le mur, il avait le crayon à la main et il disait « Ça grandit, ça grandit ! », et ces mots, les mêmes, lui reviennent d'un coup en tête, sauf qu'elle n'est plus celle qui les entend, elle peut les dire maintenant.

6
Ethel

Elle avance sans réfléchir vers le fond du jardin. Derrière le cabanon, elle monte un escalier de pierre qui mène à l'entrée du champ. Elle ne voit rien mais sait où elle pose les pieds. La mémoire du corps, quelque chose comme l'habitude. Des orties géantes traversent ses vêtements. Elle lève les bras pour épargner ses mains nues, jure que « c'est pas vrai » et se promet de les arracher bientôt, quand il aura plu, ou de faire le tour la prochaine fois. Tant pis si c'est plus long.

La nuit a dévoré une partie du terrain, l'autre est éclairée par la lune. Elle observe l'herbe immaculée, les arbres presque blancs au loin. Elle n'a pas peur du noir mais de son épaisseur. Elle pince ses doigts avec sa bouche et siffle. L'écho se perd en quelques secondes. « Max ! » C'est la première chose qu'elle a voulu faire après le départ de Josselin tout à l'heure. Retrouver Max.

Depuis qu'elle habite ici, il est devenu son chien à elle aussi. Elle aime lui ouvrir la porte à l'aube, avant de partir au travail. Le prendre en laisse pour leur grand tour du soir. Ils marchent le long de la route, vont jusqu'au lavoir et reviennent. Quand elle s'est installée dans cette maison, il était à la chaîne. Josselin lui avait expliqué que les chiens, ici, dormaient toujours dehors, peu importaient les saisons.

À la chaîne. Elle se souvient s'être opposée à cette règle, avoir aménagé un coin dans la cuisine, et un après-midi, quand Josselin était aux champs avec Adalric, elle s'était approchée de Max. Il avait bondi de sa niche, sa chaîne s'était déroulée et il s'était affolé de rage car personne, à part Josselin, n'entrait sur son territoire. Ethel avait des idées sur les bergers allemands, comme tout le monde, des histoires qu'on lui avait racontées, mais elle avait tendu la paume de sa main et s'était avancée vers la gueule ouverte. Max s'était cabré, il avait aboyé de toutes ses forces, et Ethel s'était accroupie, lui avait tendu des morceaux de pain, l'avait caressé entre les oreilles, et sa main avait lentement glissé vers son collier et la chaîne qui le retenait. « Allez, viens ! » Et Max l'avait suivie dans le jardin, le champ, dans la maison. Toute la journée, à ses pieds. Josselin, le soir, n'avait pas protesté.

Max n'est pas un fugueur. Il connaît le village, il sait où se trouve la maison. Ethel l'imagine un instant blessé, elle ne voit pas d'autres raisons à son absence. Elle siffle plus fort, plus longtemps, elle fixe l'orée du bois et croit y déceler des mouvements. Elle l'appelle de nouveau, l'encourage à se montrer d'un claquement de langue et s'attend à le voir surgir des buissons, détaler comme il en a l'habitude, langue au vent et queue en l'air. Elle fait demi-tour, vers le chemin réservé au tracteur, et s'enfonce dans la terre molle. Elle manque de glisser plusieurs fois.

Sur la route en face, les voisins discutent. Elle reconnaît Suzanne qui s'approche et lui tombe dans les bras.

« Je te cherchais partout !

— Je suis là.

— Qu'est-ce que tu fais dans le noir toute seule ?

— Max a disparu.

— Il va revenir.

— Il fait jamais ça d'habitude.
— Ethel, c'est un chien, il va revenir, d'accord ? »
Ethel regarde autour d'elle la nuit vide, puis les yeux de Suzanne qui semblent attendre une réponse.
« On a d'autres problèmes, tu ne crois pas ? Il t'a dit quelque chose Josselin ?
— Non.
— Je comprends pas, le courant, ça fonctionnait hier chez vous, et puis quand on est rentrés, non ?
— Si.
— Ethel, ça va ?
— Je veux juste retrouver Max. »
Suzanne se retourne. Elle salue des voisins qui sortent de chez eux et s'éloignent.
« On se disait qu'on irait bien rejoindre les autres, à la mairie. Ça me fout le cafard de rester chez moi, pas toi ?
— Allez-y, je reste encore un peu.
— Hors de question que je te laisse ici toute seule.
— Ça craint rien.
— Allez viens, s'il te plaît. »
Suzanne s'accroche au bras d'Ethel et se blottit contre son épaule.
« C'est ton homme qui va s'inquiéter. Et puis Max, il est peut-être là-bas. »
Ethel fait oui de la tête.

Sur leur passage, les portes, les fenêtres s'ouvrent, les gens s'approchent une bougie ou un briquet à la main, ils ont l'air hagards, désemparés, ils croient à un sabotage, une guerre, ils se repaissent d'hypothèses météorologiques ou surnaturelles, ils aiment plus que tout écrire l'histoire. Suzanne les rassure, elle a les mots qu'il faut, des gestes doux, simples, alors qu'elle tremble peut-être à l'intérieur. Parfois, elle met une main sur son ventre encore plat et la laisse quelques secondes, et Ethel imagine ce qu'elle doit éprouver, avoir un secret si puissant en soi, un secret préservé du monde. Suzanne écoute les questions, elle promet qu'elle va se renseigner. Elle sourit et console. Les gens lui serrent la main, ils reprennent courage. Ethel regarde Suzanne déployer sa lumière, puisque c'est de cela qu'il s'agit, Suzanne qui déploie sa lumière sans effort, sans même être consciente de ce pouvoir, ni de toutes les autres choses qui la constituent. Suzanne qui ne s'est jamais demandé de quoi elle était faite ou si elle était à sa place. Suzanne qui est là où elle doit être, à trente-deux ans, qui a de la chance et ne le sait même pas.

Le froid raidit leurs doigts qu'elles frottent avec énergie. Elles avancent d'un même pas vers la mairie, blotties l'une contre l'autre, réchauffées d'elles-mêmes. Ethel regarde la route se remplir peu à peu de silhouettes pressées. Les mains sont dans les poches, les bonnets sur la tête. On dit aux enfants de se tenir tranquilles et ils n'écoutent pas. Ils jouent à se courir après, ils disent que « toute façon, il n'y a pas de voitures, alors ».

Ethel ne s'inquiète pas, elle devrait peut-être. Si quelqu'un pouvait entrer dans sa tête, là, maintenant, il trouverait quelques pensées quotidiennes, se souvenir d'acheter de la farine, la tringle du rideau dans l'entrée qu'il faut réparer, et des choses qu'Ethel ne s'est jamais formulées à elle-même. Une échelle posée contre un mur sans fin, une couleur qu'elle croit connaître mais qui n'existe pas, la vague silhouette d'un bateau sur la mer, une phrase d'un poète argentin qu'elle pense depuis longtemps avoir oubliée. Mais rien qui concerne cette nuit.

Adalric, debout sur les marches de la mairie, embrasse Suzanne et veut qu'elle s'assoie, mais elle refuse, elle n'est pas malade quand même, elle voudrait aider, « Qu'est-ce qu'on peut faire ? » Avec Josselin, ils sont allés vérifier le transformateur, ils n'ont rien trouvé d'anormal, pas de détérioration, aucun incident sur l'isolation, les paratonnerres, le commutateur. « Rien. » Et puis Josselin a perdu son calme et l'a planté là-bas. « Tu sais où il est ? » Ethel fait non de la tête. C'est une question qu'elle s'était beaucoup posée au départ, en arrivant ici. Elle s'en souvient bien, la petite douleur qui lui avait serré le ventre, l'impression que, peut-être, elle était en train de se tromper, et Josselin qu'elle ne voyait presque pas, qui dormait quand elle partait pour ouvrir le bar-tabac à l'aube, et qui rentrait tard ; elle l'attendait pour dîner même si elle avait faim, pour le voir un peu quand même, et elle ne savait pas où il avait été toute la journée, dans les champs ou ailleurs, ce qu'il avait fait. Souvent, elle croyait que c'était lui qui approchait, mais non, c'était Paulin qui venait boire un verre, il passait toujours à l'improviste, il entrait sans frapper et entamait le repas qu'Ethel avait préparé. À force, elle avait fini par lui mettre une assiette, au cas où. Et puis Josselin arrivait, ils mangeaient et ils allaient se coucher, et là seulement, enfouie dans la chaleur de son corps à lui, elle comprenait l'inutilité de ces questions, elle trouvait beau le silence qui les enveloppait tous les deux, elle se disait qu'après tout elle avait fait le bon choix.

Ethel s'éloigne un peu.

Les gens affluent mais elle ne discerne aucun visage. Si, elle reconnaît Gautier et son père au loin, les mains encombrées de bois, qui arrivent par l'autre bout de la route et déposent des bûches sur les pavés, au milieu de la place qu'on dit principale. Et tandis qu'ils repartent, Josselin arrive, il pousse une brouette pleine de petit bois et de brindilles et la renverse près du tas. Tout le monde le regarde faire, placer méthodiquement les brindilles sous les bûches qu'il empile les unes sur les autres, et enfermer le tout avec de grosses branches qu'il égalise en les cassant sur ses genoux d'un geste ferme. Une femme s'approche de Suzanne, elle demande où est le maire, elle veut qu'on lui dise ce qu'il se passe, « Pourquoi on nous dit rien ? », et Jean-Noël sort de la maison communale, il a cet air des gens qui doivent gérer les crises, c'est son moment, lui qui a de grandes phrases sur le sens de l'action, l'éthique et l'importance de tenir ses promesses. « Je ne peux rien vous dire pour l'instant, rentrez chez vous et faites-moi confiance, nous allons trouver une solution. » Mais personne n'obéit.

Le petit bois a pris feu, les flammes se déploient, Josselin tourne autour pour les faire grandir et tous arrivent par la route, tous convergent vers cette lueur qui peu à peu devient incendie, collés les uns aux autres, bientôt agglutinés. Ethel regarde les silhouettes émerger d'entre les flammes, les visages rougis, les mains qui se tendent pour se réchauffer, les bises qui s'envoient, les cendres qui volent et Josselin au milieu des particules, Josselin qui fixe la combustion, bercé comme les autres par ce silence incroyable.

7
Josselin

La règle est pourtant simple. Tout le monde peut parler et il faut écouter ce que chacun a à dire. Mais personne n'y arrive. Personne n'en a rien à faire de la règle. Les voix s'écrasent, ça lève les mains, ça jure, c'est spectaculaire toutes ces voix qui n'en font plus qu'une seule, énorme.

Le feu grandit, il célèbre à sa manière ce que certains qualifient déjà de catastrophe. L'échafaudage de bois dégringole, la nuée d'étincelles fait rire aux éclats les enfants accroupis à quelques mètres. Ils attendent que les grands, autour, trouvent une solution. Avec des bâtons, ils tapent contre le sol, ils se disent des choses à l'oreille ou dessinent des visages à l'aide de petits cailloux. Josselin envie leur insouciance, la manière dont ils admettent l'incertitude sans lui conférer de pouvoir. Il inspecte les silhouettes empourprées, celles qui toisent ou qui règlent leurs comptes. Les visages ont un air un peu fou. C'est difficile à croire, à penser, cette nuit qui s'allonge, cette lune plus grande que d'habitude et la vie qui continue quand même. Josselin aurait donné n'importe quoi pour un matin comme un autre. Il se serait levé, aurait fait chauffer le café, coupé le pain de la veille, il aurait enfilé son manteau et jeté un œil à la route calme. Dans cet instant encore hors du temps, il aurait vu le ciel apparaître et il aurait fait tout cela sans y penser, sans réfléchir au nouveau jour qui se lève et commence. À la vie qu'il doit vivre.

Il observe le feu manger le bois. Il imagine la valeur temporelle de chaque tronçon, il fait des calculs rapides et imparfaits, il se demande depuis combien de temps ils sont tous là, à discuter sur la place, quelle heure il est, ce qu'ils vont faire. Il observe le bois en train de se déchirer, les charbons ardents qui s'amoncellent, et le feu toujours plus grand qui prolonge l'attente, qui la normalise. Là-bas, Paulin commence à remuer. Il cherche l'aval de la foule, il veut faire s'élever la colère, il s'approche des gens et, un à un, front contre front, une main agrippant leur nuque, parfois leur visage, il veut les soumettre, il leur dit « Écoutez-moi », il cherche la peur dans les yeux et s'il ne la trouve pas, il la fait surgir. « T'as flippé, hein ? »

Paulin est le type le plus seul que Josselin connaisse. Toujours à traîner dehors à des heures impossibles, toujours à vouloir parler, scruter les jardins comme un gardien fait sa ronde. Un jour, il l'avait trouvé collé à une fenêtre, les mains encadrant ses yeux, espérant un mouvement à l'intérieur, une raison d'entrer dans une maison qu'il savait pourtant vide, car il connaît toutes les maisons du village, qui habite où et depuis quand, qui est absent et qui est là, c'est « chez lui » partout, il le dit souvent. Mais il n'a pas que des mauvais côtés, Paulin. C'est le seul, Josselin s'en souvient bien, le seul à être venu prendre de ses nouvelles après l'accident. Il s'était assis en face de son lit, il avait fait comme si Josselin n'avait pas de bandages, comme s'il n'était pas blessé, il avait allumé une cigarette alors que c'était interdit, et la lui avait tenue pour qu'il tire dessus.

Ils avaient tous les deux le même âge, mais déjà à l'époque, Paulin avait des manières bizarres, il fixait les gens, les filles avaient peur de lui. Il vivait seul avec sa mère depuis que son père était parti avec une autre femme. Et puis sa mère était morte et il avait voulu rester dans la maison, il allait avoir dix-huit ans, il pouvait s'assumer, s'occuper de la ferme, reprendre la petite affaire de vente de volailles. Les parents de Josselin avaient veillé sur lui, ils l'avaient encouragé comme un fils, mais Paulin n'était pas décidé à travailler, il disparaissait parfois, personne ne savait où il était et un jour on le croisait, il ne racontait rien de ses échappées. Si, il y a quelques semaines, il avait atterri au commissariat, une histoire de bagarre et d'alcool, et Josselin avait été appelé pour venir le chercher. Tout le monde se demandait souvent de quoi il vivait.

Paulin avait une passion, il amassait des pièces détachées de véhicules dans son garage, balais d'essuie-glaces, plaquettes de frein, phares, amortisseurs, ampoules, il en avait aussi dans le sous-sol de sa maison, des gens parfois venaient chez lui et repartaient avec une porte, un autoradio, mais ce trafic ne suffisait pas à le nourrir. Les poules, les lapins, les moutons, il ne s'en occupait pas, et tous s'étaient fait la malle ou étaient morts, les uns après les autres. On le voyait, parfois, voler une laitue ou des tomates chez les voisins et on ne disait rien.

Un jour, il avait décroché un boulot, quelques heures par semaine pour transporter du foin d'un champ à un autre. Hervieu lui avait fait confiance, il lui voulait du bien et lui avait donné les clefs de son tracteur. Paulin avait deux cents mètres à faire, même pas. Et à l'intersection, il ne s'était pas arrêté, trop heureux de conduire cet engin. Il disait « Ces routes c'est les miennes. » L'idiot. Cette route, la mortelle, c'était la sienne pour toujours car il avait heurté une voiture. La mère du petit Gautier était au volant.

Désormais, les Letourneur l'embauchaient pour s'occuper de leur jardin. Paulin prenait cette tâche très à cœur. Il y allait tous les jours, même s'il n'y avait rien à tondre. Il occupait l'espace, reniflant une vie de prospérité qu'il n'aurait jamais, et au milieu de ces grands espaces aux chemins artificiels et à la flore soignée, il avait l'impression de servir à quelque chose.

« Ça va mon pote ? »

Gautier remonte son col de manteau. Son père lui a toujours interdit de parler à Paulin.

« Hé, y'a quelqu'un ? »

Il toque contre le crâne du garçon.

« Laisse-le, tu veux ? dit son père.

— J'ai pas le droit de dire bonjour ?

— Dégage.

— Comment tu me parles ? Comment il me parle, lui ! »

Paulin cogne dans un caillou. La poussière recouvre le bout des chaussures de Gautier. « T'as entendu Arnaud ? », dit Josselin en chatouillant le feu. « Bouge. »

Mais Paulin s'approche, le corps lourd et les yeux qui ne dessillent pas. Il est à la recherche, toujours, de l'événement.

« Moi, je veux de mal à personne, OK ? »

Arnaud pince ses lèvres pour empêcher qu'un mot s'en échappe. Il pense peut-être à Gautier qui le regarde, qui attend de savoir ce qu'il va faire, dire, est-ce qu'il faut faire ou dire quelque chose dans ces moments-là d'ailleurs, ça Josselin, s'il était père, n'en aurait aucune idée, et ça l'arrange de ne pas être à sa place, d'avoir à s'occuper du feu, pas d'un enfant. Paulin tapote le dos d'Arnaud avant de s'éloigner, il se dandine et remonte son jogging de contrefaçon, une pièce qui n'a plus de couleur tant elle a été portée, mais il s'en fiche, lui ce qu'il veut, c'est parader, montrer qu'il est là, qu'il a le droit au respect comme tous les autres, il dit souvent à Josselin « Pourquoi on me regarde de travers ? », il ne comprend pas qu'on lui ôte ce qu'on donne naturellement aux hommes d'habitude, de la considération, un peu d'égard, rien d'extraordinaire en fait, mais pour lui c'est ce qu'il n'a jamais eu. Paulin, il ne veut pas grand-chose, comme il dit, mais valoir autant que n'importe qui, juste exister.

Le voilà qui harangue la foule, qui la persuade qu'on lui cache des choses, moquant le titre de Jean-Noël, hurlant, dans cette nuit où tout résonne, son incompétence et sa paresse. « L'heure n'est pas aux reproches, Paulin. Nous devons rester soudés ! » Jean-Noël, encadré par son épouse et son fils, croit fort à l'unité, c'est son truc, il emmerde tout le monde avec. Il propose qu'on aille chercher de l'aide au village d'à côté. « Moi ! J'y vais. » Sans surprise, le docteur Bisson. Il a un vélo de course, un engin aux roues très fines et qui va très vite. « Entendu. Arnaud, tu vas avec lui. On s'occupe de Gautier. » Arnaud doit savoir que c'est mieux pour lui d'être éloigné de Paulin, mieux pour tout le monde à cet instant, un problème en moins. On décide d'apporter tout le bois qu'on peut pour alimenter le feu, on s'inquiète des réserves de nourriture, on ne comprend pas le calme, pourquoi aucun habitant des villages voisins ne se manifeste. Il n'y a pas grand-chose autour, c'est vrai, des kilomètres de champs avant la moindre habitation, et sans voitures. Mais peut-être que pas loin quelqu'un sait quelque chose et que les autorités ont les choses en main. C'est ce que tout le monde espère.

Josselin lève les yeux. Ce ciel noir ne peut rien lui apprendre et pourtant la lune, sa ligne certaine, un versant de pierre patinée, l'autre plus irrégulier avec des gouffres et des amas, la lune est splendide et calme, et lui est l'envers de tout cela, aussi atroce qu'elle est pure. Josselin se retient sinon il pourrait casser quelque chose, un coup dans le feu lui ferait du bien, il n'en peut plus de l'air crâne de Paulin, des poings qu'il lève alors qu'il n'a rien gagné, qu'ils sont tous en train de perdre, il ne sait pas vraiment quoi mais c'est en cours, ça a commencé, et ce ciel, ce rien, l'inertie des autres qui se laissent aller et cherchent une explication pourtant évidente, il ne peut plus le supporter.

« Réveillez-vous bordel ! Vous êtes aveugles, ma parole ? Vous voyez pas ce qui se passe ? On perd notre temps à discuter, à attendre là comme des idiots, on aurait dû s'en occuper il y a longtemps, je le sais, vous le savez, tous ! » Josselin entend son sang pulser dans sa paume, au niveau de la jugulaire, et puis c'est dans sa poitrine que tout se passe. « Regardez autour de vous, regardez bien ! Qui n'est pas là ? » Il insiste sur le « qui » et tous comprennent. Tous pensent à elle, car c'est elle tout ça, pourquoi n'y ont-ils pas pensé ? Son absence la désigne, elle la confond.

Et Josselin cherche et se souvient de ce jour de grêle, il n'avait jamais vu un tel déchaînement de violence venu du ciel, tout avait été détruit, les plantations, les voitures, les vitres, et cette grêle était tombée sans discontinuer pendant des heures, et tout cela s'était produit quelques jours après l'arrivée de cette femme. Et puis il y avait eu l'accident de la mère de Gautier sur cette route où aucun accident n'avait jamais eu lieu, et d'autres avaient suivi au même endroit, et que dire de l'épidémie qui avait touché les bêtes il y a un an, personne n'avait su mettre un mot sur ce virus et la moitié du troupeau était mort. Ces événements ne sont peut-être pas isolés, ils sont le début d'une suite macabre, et leur point commun, c'est elle. Ça lui saute aux yeux, maintenant.

« Je vais vous dire, maintenant, c'est terminé. On n'aurait jamais dû la laisser vivre ici, on a décidé de fermer les yeux, on s'est dit que tout irait bien, qu'elle faisait rien de mal, et c'est trop tard. » Les yeux de Josselin, d'un jaune brillant, semblent au bord des larmes. Autour de ses lèvres coule une sève visqueuse qu'il essuie d'une main maladroite, une main qui a depuis longtemps oublié l'essentiel, prendre une tasse sans risquer de la briser, caresser une joue d'enfant en se retenant de la frapper, une main qui ne peut s'empêcher d'étrangler le bout de l'accoudoir d'un fauteuil et qui, parfois, se laisse toucher par les flammes, insouciante de la douleur, insensible à la peau qui pleure.

Josselin les regarde et eux regardent le sol. Même Jean-Noël ne dit rien. Chacun attend qu'un autre rompe le silence mais personne n'ose le faire et ce silence qui étouffe leur lâcheté, ce silence, pour Josselin, est une réponse. Il croise le regard d'Adalric et ne le lâche plus.

Quoi qu'il arrive, il le sait, il sera de son côté.

8
Gautier

« Tiens mon grand, installe-toi. » Mme Letourneur désigne à Gautier la table de la salle à manger et sort quelques bougies qu'elle pose sur des chandeliers en argent. Elle lui précise que « c'est exceptionnel », elle ne s'en sert jamais d'habitude et d'ailleurs personne n'a le droit d'y toucher sauf elle. Gautier comprend que dans cette maison, il y a ce qu'il n'y a pas vraiment chez lui. Des règles.

Les choses avaient pris un drôle de tour sur la place de la mairie. Son père était parti avec le docteur à vélo, il lui avait dit au revoir, « Sois sage tu écoutes bien Mme Letourneur je reviens vite je t'aime », et Gautier avait suivi Mme Letourneur qui n'arrêtait pas de parler, est-ce qu'il avait froid, elle lui donnerait un pull en arrivant, « Tu n'as pas eu trop peur, hein ? Paulin ne te fera rien tu sais », et comme si c'était elle qui en doutait, elle avait ajouté, la voix dans les aigus : « Il n'est pas méchant. » Elle avait dit aussi qu'il ne fallait pas s'inquiéter, on trouve toujours des solutions aux problèmes. Ils avaient marché vite, Gautier avait dû mal à la suivre même si elle lui avait pris la main pour aller plus vite encore, et ça n'avait rien arrangé.

« Voilà ! Regarde comme c'est joli ! » Les flammes, d'abord chancelantes, montent lentement vers le plafond, leur lumière fait briller les bras du lustre au-dessus.

Gautier regarde Mme Letourneur s'affairer dans la cuisine, ouvrir les placards en grand et sa voix se perd dans les bruits de casseroles, d'eau qui coule et de gaz qui s'allume. Il se souvient de la dernière fois qu'il était là, assis à cette même table, sur cette chaise exactement, c'était le jour où sa maman est morte, son père l'avait déposé et avait juste dit « Je reviens tu restes là », et il avait bien vu qu'il dérangeait, il était petit mais il se souvient de Mme Letourneur, les mains sur les hanches, qui avait dit « Qu'est-ce que je vais faire de toi ? », elle préparait une fête et elle n'arrêtait pas de répéter « faut une caisse en plus » et « on n'aura jamais assez de rôti », mais il restait du rôti à la fin, Gautier était reparti à la maison avec des tranches écrasées dans du papier d'aluminium. Et juste avant, quand son père était venu le chercher, Mme Letourneur avait dit qu'elle trouvait que la route n'était pas convenable, qu'elle avait souvent pensé qu'il fallait faire quelque chose, un panneau, un ralentisseur, un miroir, est-ce qu'elle savait ?

En rentrant chez lui, Gautier avait enlevé ses chaussures comme d'habitude et les avait mises en bas de l'escalier, là où on rangeait les chaussures de tout le monde. En les posant, il avait vu les bottines que sa mère avait dû mettre la veille, il y avait un peu de terre dessus, des brins d'herbe étaient collés sur le talon, et sous le cuir on pouvait deviner la forme de son pied. Il s'était demandé quelles chaussures elle avait mises aujourd'hui. Quelles chaussures elle avait dans la voiture. Il avait demandé à son père qui avait dit quelque chose qui n'avait rien à voir, « Je suis désolé mon garçon », comme s'il n'avait pas fait attention à la question. Comme si c'était lui le responsable de l'accident. Alors Gautier avait pris les bottines de sa mère sous son bras, il les avait déposées dans sa chambre, par terre, juste à côté de son lit, alors que c'est interdit normalement, et le soir il les avait regardées jusqu'à s'endormir. La nuit, il s'était réveillé parce que son père pleurait, derrière le mur. Lui, les larmes, ça viendrait plus tard. Il avait écouté son père qui sanglotait, hésitant à aller le voir pour lui tenir la main ou caresser ses cheveux. C'était comme ça qu'on consolait quelqu'un. Mais le silence était retombé, plat, immense, pire que l'obscurité. Gautier avait vérifié que les bottines étaient toujours là. Elles n'avaient pas bougé.

« C'est vrai ce qu'il a dit M. Josselin, c'est la faute de la dame ? »

Mme Letourneur agrippe un châle et s'assoit à côté de Gautier.

« Ton papa, il t'a parlé d'elle ?

— Un peu.

— Et qu'est-ce qu'il t'a dit ?

— Qu'elle était gentille.

— Et toi, qu'est-ce que tu en penses ? »

Gautier hausse les épaules. Il ne pense pas toujours quelque chose.

« Tu sais mon grand, parfois, on croit connaître les gens, mais on se rend compte qu'on se trompe, qu'ils ne sont pas tels qu'on les voit, tu comprends ? Cette femme ne fait rien de mal, mais enfin elle vit à l'écart de tout le monde et ne parle à personne.

— Peut-être qu'elle ne sait pas parler ? Ça arrive parfois.

— Promets-moi de faire attention, d'accord ? Ce n'est pas parce que ton père t'a dit qu'elle était gentille qu'elle l'est vraiment.

— Mais la dame, elle a fait du mal à M. Josselin ? C'est elle qui lui a fait mal au visage ?

— Non, mon chéri. »

Mme Letourneur se lève et dit qu'elle revient. Gautier triture le bout de la nappe en plastique, il observe la pile de prospectus à l'autre bout de la table, son père, lui, il les met tout de suite à la poubelle sans les regarder. Il fait toujours deux piles avec le courrier, l'une est importante, l'autre pas, et apparemment il se trompe jamais. Mme Letourneur ne revient pas. Gautier souffle doucement sur la flamme pour tester sa résistance et il est épaté de voir que, même si elle se tord dans tous les sens, elle tient. Avec son père, les bougies n'ont pas cette chance. Il les étouffe d'un coup avec les doigts.

« Et si je te faisais des crêpes ? »

Gautier pense au bout de la nappe qui doit être corné, à Mme Letourneur qui va s'en apercevoir, c'est sûr.

« Tu dois avoir faim, non ? Viens, tu vas m'aider à faire la pâte. »

Elle lui met un torchon autour de la taille, l'installe debout sur un tabouret et prépare tous les ingrédients.

« Pierre, il adorait ça, cuisiner avec moi. À l'époque, il me quittait pas d'une semelle, un vrai pot de colle. »

Gautier l'écoute et casse en même temps les œufs. Des bouts de coquille tombent dans le saladier.

« T'en fais pas, regarde, je vais te montrer. »

Et elle effectue un geste parfait. Le bruit sec de la fêlure fait sursauter Gautier qui croit un instant que ce n'est pas un œuf, mais un verre qu'on casse.

ils sont venus
ils n'ont pas demandé mon nom
ils marchaient sur les pissenlits
j'avais un brin de cerfeuil dans la main
entre mes doigts je roulais sa tige
un peu plus et la sève sortait

ils ont parlé
et le bruissement autour si fort a couvert leurs voix

ne dis rien
tout ce que tu diras

partir
ils ont dit
maintenant
que je parte

9
Anna

On a mis des tables et des chaises, amené à boire. La chose étrange est toujours là dans le ciel et les têtes, les mêmes questions reviennent, ce qu'il va se passer, ce qu'ils vont devenir, mais toutes échappent encore aux réponses. S'il existe un plaisir à savoir, il y en a encore un plus grand à rester épargné par la vérité.

Depuis que Josselin est parti avec Adalric et Paulin, le calme est revenu. Ils sont allés voir là-haut, chez elle. Josselin a promis de la trouver et de l'amener ici, il a dit de lui faire confiance et c'est ce qu'ils ont fait, ça et déambuler, se concerter, jouer aux cartes, danser même, tout pour ne pas rester dans la stupeur, ne pas céder au sommeil aussi, même s'il aurait été salvateur de dormir, mais cela aurait signifié se soumettre à la nuit, lui céder quelque part. Non, eux, ce qu'ils veulent, c'est assister à son déclin, et reconnaître leur victoire.

Sous les arcades, Anna regarde Mado s'amuser. Sa mère est attablée plus loin, elle a dit qu'elle se sentait en forme pour venir, qu'elle préférait être avec tout le monde. Anna se demande si elle lui parlera de Pierre, ce n'est pas dans leurs habitudes de partager ces choses-là, elle ne se souvient pas de la dernière fois qu'elles se sont parlé, même embrassées, quand a eu lieu la dernière étreinte. Ils ont dû exister ces gestes, elle a forcément embrassé sa mère un jour, elle a eu besoin de se blottir contre elle, de respirer son parfum, d'être consolée. Anna envisageait leur relation comme une partition, une gamme qui aurait mal commencé mais qu'elle continuait à jouer malgré tout, alors qu'il aurait été si simple de dire stop, « Viens maman, on reprend tout depuis le début, d'accord ? » À plusieurs reprises, elle a failli lui dire, « Je peux te parler, maman, je me suis dit que, tu sais ce qui m'est arrivé, j'adore ta robe, tu as du temps samedi matin », mais elle se ravisait, toujours, et les choses continuaient ainsi, l'ordinaire les rattrapait, elles s'en satisfaisaient. « Tiens, tu mets la table s'il te plaît ? » Anna obéissait à sa mère, elle prenait les assiettes, les disposait impeccablement sur la table du salon, ouvrait le tiroir et prenait les couverts, fourchette à gauche, couteau à droite, fourchette, couteau, fourchette. « Et appelle ta sœur, c'est bientôt prêt. »

« Mado ! Descends ! »

Les repas, c'est elle maintenant qui s'en chargeait car elle était la seule à savoir faire cuire les aliments sans les brûler. Son père, de temps en temps, concoctait son fameux gratin de pommes de terre. À chaque fois, ils en avaient pour deux jours.

Anna regarde sa mère, son corps qu'elle camoufle sous des vêtements trop larges, le décolleté qu'elle s'interdit, ses jambes presque emmêlées alors qu'elles sont pourtant si jolies. L'incandescence de sa mère, sa secrète beauté, il faudra un jour l'écrire. Et elle essaie de se souvenir du moment où elle a commencé à se sentir mal, si elle était déjà enceinte de Mado ou si cela datait d'avant, mais il lui manque des éléments alors que tout s'était forcément passé sous ses yeux. La dépression ne tombe pas d'un coup sur quelqu'un, et puis ils avaient été heureux, elle en est sûre. Anna regarde sa mère donner le change devant les autres.

Sourire, même si on n'en a pas envie. Elle lui en veut de jouer la comédie, de montrer ce visage-là en public alors qu'à la maison, son père, Mado et elle n'ont le droit à rien, juste à un corps empêché, une voix chancelante et toujours les mêmes phrases, ta mère dort, faut pas faire de bruit, laisse ta mère, elle a besoin d'être seule, et les questions interdites qui la mettent en colère, ça va ce matin ?, tu te sens comment aujourd'hui ?, le tri qu'il fallait faire dans sa tête pour éviter qu'un mot ne soit perçu comme une attaque, pour ne pas ajouter à sa tristesse. Parfois, les jours bizarrement élus, elle se levait de bonne heure, elle était méconnaissable, tout allait bien, on en oubliait presque qu'elle avait été si mal et elle se mettait aux fourneaux, elle invitait les amis, sortait faire les boutiques et elle ne comptait rien, ni l'argent ni les heures, elle rentrait heureuse, étourdie de projets, et tous étaient étourdis avec elle, tous se demandaient si elle allait tenir, si elle pouvait supporter tant d'excitation, tous savaient qu'elle le paierait très cher, que pour quelques jours de ce bonheur-là, il y aurait des semaines à vouloir disparaître.

« Psst ! »

Un caillou heurte ses chaussures. Au bout des arcades, derrière la mairie, une silhouette dans le noir lui fait signe.

« Ça va ? » Anna met son visage dans le cou de Pierre et respire fort sa peau.

« J'ai pas beaucoup de temps, mon père m'attend.

— Tu vas où ?

— Je dois faire un tour, vérifier que tout va bien, enfin des conneries... »

Et Pierre sourit.

« Anna ! On y est, c'est notre chance ! »

Il parle avec précipitation. Anna tente de l'interrompre, elle attrape ses bras, pose une main sur son cœur, elle rit avec lui aussi, heureuse de le savoir heureux, impatiente de comprendre ce qu'il veut lui dire, de quelle chance il parle. Son enthousiasme la happe tout entière. C'est bon de l'aimer.

« J'ai tout ce qu'il faut, tout est prêt, si tu savais depuis quand j'attends ce moment ! On sera heureux, on vivra ! »

Et Anna comprend. La nuit qui reste, la lune plus grande que d'habitude. Pierre lui a déjà tout expliqué et elle a toujours refusé de le croire. Elle voyait bien qu'il amplifiait les choses, c'était devenu entre eux un sujet pénible, une occasion de dispute, à un moment donné chacun se retenait d'insulter l'autre. Pour elle, l'idée de l'apocalypse avait été fabriquée pour faire peur aux gens, pour les forcer à vivre, il leur fallait une histoire qui les mette en mouvement, leur fasse éprouver l'inutilité des conflits, les heures périssables, l'urgence d'aimer. Et puis, elle avait observé Pierre compter les séismes chaque année, sans en omettre un seul, voir leur nombre croître, tout comme les éruptions volcaniques et la fonte des pôles, le vent qui souffle des villes entières, les gens flottant sur des radeaux, des toits. Elle avait assisté, amusée, à l'empilement de boîtes de conserve, à l'inventaire précis de ses outils, à sa soudaine obsession pour la musculation et aux heures qu'il passait dans la forêt au lieu d'aller en cours. Elle avait voulu en savoir plus, regarder le monde avec lui et, tout en retenant son opinion, elle avait compris que, peut-être, la vie telle qu'on l'avait connue disparaîtrait un jour, mais elle imaginait qu'ils avaient encore le temps, elle pensait être à l'abri ou que l'avenir donnerait tort à ces prédictions. À l'échelle de sa vie en tout cas, tout lui semblait tenir.

« Tu dis rien ? »

Anna pense à son père, parti à vélo chercher de l'aide et à qui elle n'a pas dit au revoir. À sa mère, qui est bien trop raisonnable pour croire à une telle possibilité. À Mado, enfin, qui aurait probablement peur sans elle si quelque chose arrivait, si le monde s'écroulait vraiment. La seule idée de ne pas être à ses côtés pour la rassurer, pour lui dire ce que seule une grande sœur peut dire, qu'elle sera là pour elle, cette idée lui est insupportable. Et pourquoi la laisser, ne pas la prendre avec elle ?

Car si elle partait avec Pierre, elle partait pour toujours.

Il lui avait parlé de cet endroit que personne ne connaissait à part lui, un monde sous le monde qui les protégerait des cataclysmes, et où toute marche arrière serait impossible. « Anna ! Faut se décider ! On n'a pas le temps. T'es avec moi ? » Elle se demande où est sa volonté, elle cherche d'où vient l'obstacle. Pierre ne dit plus rien alors qu'elle aurait besoin d'un mot encore, qu'il la supplie peut-être.

« Et si les choses revenaient à la normale ? Si ça ne durait pas ? Tu y as pensé ? »

Elle guette un signe dans ses yeux, sur sa bouche.

« On partirait, on quitterait tout alors que... on aurait pu... »

La voix agacée de Jean-Noël la coupe. Il cherche son fils.

« Je dois y aller.

— Pierre, attends...

— Prends quelques affaires mais ne te charge pas trop. Rendez-vous ici dans... »

Pierre regarde sa montre qui s'est arrêtée comme toutes les autres.

« Fais comme tu veux, dit-il en s'en allant. »

Ce qu'elle veut. Comme si elle le savait. Comme si cela réglait les problèmes, de vouloir. Après tout ce temps, elle est incapable d'une décision.

Les discussions au sujet de la femme s'amplifient. Il faudrait la « coincer », c'est le mot qu'Anna entend, et elle est sûre d'une chose au moins, elle ne veut pas assister à cette chasse, et s'ils l'attrapent, elle ne veut pas savoir ce qu'ils lui feront, pas regarder la chair vive et les hommes devenir monstres. Et elle se demande pourquoi on la soupçonne, elle, et personne d'autre.

Avec Pierre, ils étaient allés l'observer un jour, ils avaient trouvé une cachette près de sa maison, ils avaient attendu longtemps, l'un à côté de l'autre, le soleil était fort et, même abrités par les frondaisons, des faisceaux touchaient leur peau, et ils avaient épié le moindre bruit, imaginant ce qu'il pouvait y avoir au milieu des ronces, sous la mousse, les animaux qui devaient les observer, les sentir, offrant leurs corps entiers à ce monde qui n'avait pas besoin d'eux, et Anna avait chuchoté quelque chose à Pierre, elle lui avait dit « Tu imagines, pouvoir se cacher sous ce lierre, n'avoir pour eau que la pluie, voir une biche, s'approcher d'elle, devenir elle, peut-être. » Et tout en parlant, Anna s'était dit qu'elle en avait envie, que lui aussi peut-être, ils étaient juste amis, c'était en tout cas ce qu'elle disait à son père quand il lui demandait ce qu'elle faisait avec Pierre tous les soirs en rentrant des cours.

Et puis la femme était apparue.

Ses pieds, l'une des rares parties visibles de son corps, étaient nus, ils exploraient sans bruit les alentours, s'ancrant aussi bien dans l'herbe que sur les pierres glissantes. Elle s'arrêtait parfois, creusant de ses doigts fins la terre, avec insistance, et portant à sa bouche la matière récoltée, l'avalant et léchant, gourmande, sa paume. Et, ainsi tapis dans les buissons, comme des chasseurs regardant une proie innocente, ils avaient eu un peu honte. Pierre avait fait un léger mouvement de la tête et Anna avait compris qu'il suggérait de partir et, en se levant tous les deux, ils avaient fait craquer le bois et elle les avait vus.

Dans leur fuite, le long du sentier qu'ils avaient si précautionneusement gravi plus tôt, la peur et la joie s'étaient mêlées, était-elle derrière eux, et si elle les rattrapait, que feraient-ils, que diraient-ils pour leur défense ? Ce qui comptait, surtout, c'était la certitude qu'ils partageaient désormais quelque chose. Ce qu'ils vivaient là leur appartenait.

Des branches les avaient retenus, s'accrochant à leurs vêtements, déchirant leur peau. Ils avaient couru jusqu'à la maison de Pierre, manquant de casser la vitre de la porte d'entrée. Mme Letourneur avait hurlé de faire attention et Pierre avait dit « désolé » et ils étaient montés dans sa chambre, avaient fermé les rideaux, s'étaient assis par terre comme si quelqu'un pouvait les voir, et les yeux dans les yeux, les mains accrochées, ils avaient éclaté de rire. À cette époque, Anna ne savait pas vraiment ce que cela voulait dire d'être amoureuse, mais elle se souvenait avoir pensé que c'était peut-être cela.

Anna longe les arcades. Le feu immense, sans cesse alimenté par les enfants qui s'amusent à y jeter des brindilles, à souffler dessus ou à y allumer des torches, se dérobe régulièrement à sa vue, s'éclipsant à mesure qu'elle avance derrière les colonnes massives qui font tenir cette allée. Elle traverse les ombres provisoires, entre dans la lumière vive puis de nouveau dans l'ombre, et elle se promet à chaque passage de l'une à l'autre de prendre une décision et de s'y tenir. Elle établit des règles rapides : dans l'ombre, elle peut hésiter, ne pas savoir encore. Dans la lumière, elle doit être résolue. Elle arrive au bout des arcades, incapable de savoir si elle doit rester ou partir. Elle a, dans les deux cas, l'impression de se trahir et elle sent tout le poids d'une liberté dont elle n'a jamais pris la mesure et qui vient l'étouffer au moment même où elle peut enfin respirer, où cette nuit plus longue que les autres lui a appris à le faire.

Le ciel est d'un bleu profond, avec des vides presque noirs et des écrins d'étoiles qui fourmillent et dont le mouvement infime donne l'impression d'un écoulement, comme une cascade que de petites traînées de nuages, survivantes du jour, imperceptibles au premier regard, avalent doucement. On dirait la mer avec ses vagues calmes et son écume qui disparaît au contact du sable. Cette beauté est nouvelle pour Anna qui n'a jamais pris le temps de regarder là-haut, qui n'a jamais vu ce qui pourtant s'offre à elle depuis toujours. Elle regarde le ciel, elle veut se donner tout entière à l'immensité, ne pas avoir à choisir mais être dépassée par plus grand qu'elle. Un vent léger caresse ses paumes.

« Tu vois quelque chose ? »

Mado tord le cou vers le ciel. Anna hésite à lui dire la vérité. « Tu veux dire, à part la lune ? » Et Mado raconte à Anna ce qu'elle a appris à l'école, que la lune est faite de la même matière que la terre, qu'au début elle n'était qu'une boule de magma et qu'elle s'était refroidie peu à peu, et ensuite que des millions de millions de météorites avaient percuté sa surface pendant des milliards et des milliards d'années, et que les cratères qu'on pouvait voir à l'œil nu aujourd'hui étaient le résultat de tous ces chocs, qu'il y avait aujourd'hui des plaines immenses recouvertes de poussière grise, et le fait que l'histoire de la lune soit visible, qu'elle soit juste là, écrite sous ses yeux, subjuguait Mado, et puis c'était la lune qui depuis toujours guidait les hommes, il y a longtemps on l'observait beaucoup, c'était grâce à elle qu'on dénombrait les jours, les mois, que les marins par exemple comptaient le nombre de lunes qu'ils avaient vues dans le ciel et qu'ils ne voulaient savoir qu'une chose, une seule, combien de lunes il fallait pour atteindre leur destination, combien de lunes encore, avant la fin du voyage.

Anna qui regarde sa petite sœur avec tendresse mime son étonnement puis fixe de nouveau le ciel et leur seule lumière. Elle pense que ni elle ni personne ne pourrait plus dénombrer quoi que ce soit car ils sont tous comme des marins sur un océan sans fin, soumis à des heures qui s'étalent, et la gorge serrée elle se demande si elle devrait raconter à sa petite sœur ce qu'elle sait, si c'est cela que signifie protéger.

« Tu crois que papa va bien ? » Anna n'a même pas pensé une seconde que quelque chose pouvait lui arriver sur la route.

« Oui, tu le connais sur son vélo, dit-elle.

— Il revient quand ?

— Bientôt.

— Comment tu le sais ?

— Il aime pas quand ça traîne.

— Alors fallait pas qu'il parte avec le père de Gautier. »

Mado s'appuie contre Anna et pendant quelques instants on peut croire qu'elles ne sont que toutes les deux sous la lune gibbeuse, et les questions disparaissent peu à peu, Anna les sent s'éloigner, tout comme l'urgence de prendre une décision.

« Allez, viens ! »

Anna se met à courir et dit à Mado de l'attraper, qu'elle n'y arrivera pas, et elle fait tout, pourtant, pour que cela arrive.

10
Ethel

Sur la table de la cuisine, Josselin pose une corde, un fusil, des cartouches. Il a des gestes précis. La petite entaille dans son dos ne lui fait pas mal. Il n'a même pas voulu qu'Ethel le soigne. Quelque chose d'impeccable se prépare en lui. Elle aimerait lui dire que c'est de la folie, « Tu ne vas pas faire ça quand même. » Elle se demande s'il existe un mot qui l'arrêtera. Un léger courant d'air fait claquer les battants d'une fenêtre laissée ouverte. Elle fixe le noir à travers la vitre. Dehors, rien ne tremble.

Elle se souvient de l'apparition de la femme dans leur vie. Du mois, du jour, presque de l'heure. C'était juste après son arrivée à elle.

Elle forçait sur la porte d'une étable, elle voulait savoir ce qu'il y avait dedans, connaître ce domaine qui était maintenant le sien, mais la porte ne s'ouvrait pas et une écharde s'était glissée dans son doigt. Josselin lui avait montré comment faire. « Le bois a gonflé ici. Faut appuyer fort, un peu vers le bas, et tu tires. » À l'intérieur, des outils accrochés au mur, des tonneaux de cidre empilés, une échelle qui menait à un renfoncement fragile. Elle avait regardé ses chaussures inadéquates pour cet endroit. Il fallait des bottes, un gilet plus chaud, un pantalon moins élégant. Elle avait inspecté les recoins de l'étable pendant que dehors Josselin discutait avec un homme. Ils parlaient de la maison des Groult et d'une vieille aperçue là-bas au petit matin.

« Mais j'sais pas, j'te dis ! T'as qu'à y aller toi. »

Ethel avait vu l'homme de dos, crâne rasé, hanches étroites, une main dans la poche, l'autre qui masse de temps en temps les cervicales dentelant sa nuque. Elle voulait le voir mieux, Josselin était resté discret sur ses connaissances, à l'époque elle n'avait croisé que Suzanne qui habitait la maison juste à côté, elles s'étaient appréciées et s'étaient promis de prendre le thé ensemble, ce qu'elles avaient fait assez vite. Elle avait fait quelques pas et Josselin avait dit « Ethel, ma femme. » Ils n'étaient pas encore mariés, c'était prévu, mais Ethel n'en parlait jamais.

« Vous venez de la ville, c'est ça ? » Ethel avait hoché la tête. « Tu ? On se dit tu ? » Ethel avait hoché la tête encore. « Moi c'est Paulin. Si t'as un souci, t'hésite pas. J'habite plus loin, deuxième maison sur la gauche. Y a un puits devant, tu peux pas la louper. » Ethel avait dit « d'accord » et il y avait eu un silence, le temps pour Paulin de la déshabiller du regard et pour elle de comprendre que le liseré de son soutien-gorge était visible sous sa veste qu'elle n'avait pas boutonnée. « Allez je me casse. » Au loin, juste avant de franchir le portail, une main en l'air, il avait crié « Et bienvenue ! »

Plus tard, Josselin était allé voir si Paulin disait vrai, avec lui il fallait toujours se méfier. Il avait tout expliqué à Ethel : la bâtisse laissée à l'abandon depuis des années, les enfants qui s'étaient fait la guerre chez le notaire, comme c'était violent, « vraiment moche », et la maison qui n'avait été qu'un prétexte à la destruction des souvenirs, personne pour ouvrir les fenêtres bien sûr, faire le ménage, s'occuper du jardin, personne qui n'en voulait en fait de cet endroit, alors que la maison était belle dans le temps, c'était l'une des plus anciennes du village. La nature avait fini par envelopper la pierre, elle était entrée à l'intérieur, des fougères immenses avaient poussé dans le salon, des orties avaient fleuri, des mésanges, des fauvettes à tête noire y avaient élu domicile, des renards aussi, probablement des chats et des chauves-souris. Personne, donc, ne pouvait y habiter. Sur place, Josselin n'avait rien vu d'anormal. « Encore Paulin et ses conneries. » Mais Paulin était revenu le lendemain et il avait raconté la même histoire.

« Je l'ai vue, j'suis pas débile. » Josselin ne voulait plus en entendre parler.

Et puis il y avait eu ce jour, Ethel ne pouvait pas l'oublier, ce jour où on l'avait vue danser dans la rivière.

La nouvelle s'était vite répandue et la route s'était remplie de monde, les gens marchaient vite, ils faisaient signe à ceux qui regardaient par la fenêtre de venir car quelque chose se passait. Ethel y était allée et Josselin aussi. Ils avaient rejoint la route et avaient aperçu tout le monde près du cours d'eau, certains étaient assis sur les rochers en contrebas, les enfants s'étaient aventurés au bord, sur les cailloux qui serpentaient au milieu du courant et permettaient d'habitude d'aller de l'autre côté.

Elle était dans l'eau, sa robe épaisse ondoyait tout autour et elle faisait de grands gestes avec ses bras, dessinant des cercles, rasant la surface de ses doigts, emportant des gouttes avec elle, éclaboussant son visage blanc et la pierre millénaire. Elle répétait le même mouvement, traçant des ronds d'eau dans l'air, imitant le vent qui gonflait les vagues. Elle riait fort, aussi. Ses mains parfois venaient encercler ses deux joues et remontaient vers ses yeux qu'elle gardait fermés. Leurs yeux à eux, grands ouverts, ne pouvaient plus bouger.

Ça avait duré des heures, personne n'avait vraiment compté, tous attendaient qu'elle arrête, qu'elle s'épuise, mais tous restaient malgré tout, terrifiés et envieux, éclaboussés par l'eau fraîche, et c'était comme si cette femme qui dansait les purifiait tous, un à un, et les invitait à la rejoindre, à danser aussi. Au bout d'un moment, ils avaient renoncé à comprendre, hypnotisés par l'étrange beauté de ces mouvements inutiles, par ce corps que l'eau voulait entraîner mais qui résistait, et tous pensaient qu'une force, quelque chose, allait l'emporter, mais non. Ils avaient eu du mal à rentrer chez eux, à la quitter, elle qui s'enfonçait dans le fond vaseux, elle dont le torse musculeux, qu'on devinait en dessous de sa robe, aurait pu affronter des tempêtes. Josselin était parti le premier. Ethel l'avait suivi.

Le temps avait passé et personne ne savait vraiment ce qu'ils avaient vécu ce jour-là, et ce qui avait pris l'apparence d'un rêve était devenu dans leurs têtes un cauchemar qu'ils se racontaient parfois pour y croire ensemble. On avait essayé de lui parler mais elle ne parlait pas. On lui avait expliqué qu'elle ne pouvait pas s'installer dans cette maison, que c'était une propriété privée. Elle était restée. On avait écrit aux enfants Groult pour les prévenir, à la préfecture, au poste de police de la ville la plus proche, mais aucun n'avait répondu, personne ne s'était déplacé. Alors le maire avait abandonné les démarches. Après tout, elle ne faisait pas de mal. Il n'y avait que les parents qui s'inquiétaient, ceux qui laissaient depuis toujours leurs enfants jouer dehors sans surveillance, car ici on avait toujours fait comme ça, et ils leur avaient interdit de s'approcher de cette maison, il fallait s'arrêter en bas du chemin, ne jamais chercher à parler à cette femme si on la croisait, ne pas la regarder surtout, et quand elle descendait au village, on faisait comme si elle n'existait pas.

Elle était là pourtant, elle habitait avec eux. Elle avait une présence muette, des yeux qui voyaient sans regarder, un léger sourire qui ne la quittait pas, qui donnait à son visage sillonné et maigre une rare splendeur qui tranchait avec les autres, leurs yeux indécis, leurs regrets portés en balafre sur la joue. Parfois, on la voyait au village, elle passait comme une ombre, habillée d'une robe noire dont l'ample tissu se soulevait au gré de ses pas fermes, jamais précipités, qu'elle semblait faire en les dénombrant dans sa tête, pour respecter une cadence secrète, une musique qu'elle était seule à entendre.

Comme tout le monde, Ethel avait voulu connaître son histoire mais n'avait jamais osé l'approcher, obéissant à une peur gratuite et qui l'arrangeait bien. Elle participait ainsi, elle en était consciente, à la méfiance qui s'était aisément construite, et elle s'était mise à croire, avec une ardeur malvenue, à tout ce qu'on racontait : les sorties nocturnes, les arbres dans lesquels elle grimpait parfois, les dialogues qu'elle entretenait avec certains animaux, et puis la marque dans son cou, comme une entaille qui faisait dire à tout le monde qu'elle était la chose du diable.

« On n'a aucune preuve contre elle, laisse-la tranquille, elle ne fait de mal à personne...

— Parce que tu la connais, toi ? »

Josselin remplit méthodiquement son sac.

« Personne ne la connaît, on ne s'est jamais intéressé à elle, on ne sait même pas comment elle s'appelle et il faudrait la tuer ? »

Elle tient maintenant la tête de Josselin entre ses mains. Une bougie éclaire ses yeux et elle cherche quelque chose dans ce regard accidenté où semble croître une vie latente et multiple, à jamais refusée aux autres. Contrairement à la plupart des gens, elle ne craint pas ses cicatrices ni son œil aveugle, elle a toujours pensé qu'il voyait davantage. Josselin comme toujours se refuse à elle. Leurs deux corps, pourtant, ne font qu'un bloc et Ethel pense à une citadelle, l'image s'impose à elle, quelque chose d'immense, et elle se dit, elle pourrait jurer qu'ils sont imprenables. Elle s'approche de son œil absent et y pose ses lèvres. Les mains de Josselin détachent les siennes de son visage et ce geste fait dans le noir l'ébranle tout entière.

Avant de partir, il lui a dit de ne pas rester seule, mais Ethel n'a pas besoin des autres, elle préfère attendre ici. Max pourrait revenir.

Elle sent le vide des pièces, leur inutilité. Depuis qu'elle vit là, elle n'a touché à rien, n'a pas déplacé un vase, un tableau. Elle n'habite pas cette maison, elle l'occupe. Elle imagine parfois la vie qui a été là, avant elle. C'est ici qu'on mangeait, là qu'on lisait ou rêvait, près de cette fenêtre qu'on s'abandonnait à la fatigue ou à l'espoir, contre ce mur que Josselin, enfant, avait peut-être ri, manqué de faire tomber la coupe en porcelaine ou sauté pour se voir un instant dans le miroir trop haut et qu'il avait été puni pour avoir fait trop de bruit, pas d'histoires, pas de dessert, monte dans ta chambre et demain c'est toi qui nettoies l'enclos. Oui, elle sait l'enfance ici, avec ses joies simples et ses tristesses passagères, comme la sienne, sauf que de son côté à elle, il y avait des immeubles, des balcons filants, et une aire de jeux désaffectée près d'un passage clouté qu'elle arpentait souvent dans l'espoir à chaque fois de trouver, entre les herbes folles et les graffitis, quelque chose d'inutile et sans lequel, pourtant, elle ne pourrait rentrer chez elle.

Ethel avait grandi en ville, dans un lotissement collé à une cité, avec, au loin, des échafaudages qui bouchaient l'horizon. On voyait un peu le ciel. Lui ne bougeait pas. À la maison, on s'aimait sans se le dire, il y avait des sachets de lavande dans les armoires et des tablettes de chocolat dans le tiroir sous la télévision. Au lycée, des choses se passaient parfois, mais elle n'en parlait jamais. Aujourd'hui, quand elle y pense, elle mesure la gravité des faits. Les filles piégées aux toilettes avec des garçons, les bandes qui s'attendaient à la sortie devant la grille ou se donnaient rendez-vous dans le grand jardin d'à côté, celui avec le lac, les collines et les grottes, pour faire vengeance. C'est là, plus tard, qu'elle fuma sa première cigarette. Plus loin, dans une rue bruyante, adossée à un porche, qu'elle embrassa un garçon, maladroite, certaine pourtant de passer un cap.

Pendant longtemps, on lui a donné plus que son âge. Cela la flattait car elle ne désirait que grandir. Elle avait une idée précise de ce que serait sa vie plus tard. Elle s'éloignerait de tout ce qui éteint ou décourage, elle lutterait contre la sensation de n'être pas grand-chose. Sa mère pourrait parler, elle ne l'écouterait pas. Ethel gardait en elle le souvenir de rêves robustes que le temps avait abîmés. Ou peut-être les avait-elle abîmés toute seule à force d'y penser sans les faire exister. Il devait lui en rester quelques-uns, ses rêves devaient attendre quelque part. Ethel se les représentait parfois comme des poissons dans un bocal trop petit qui finissent par se dévorer.

Elle arpente la cuisine, l'entrée, le salon, les toilettes. C'est là que ça s'est passé. La trace du feu est toujours sur le mur, on la devine à certains endroits, noire, sous l'épaisseur irrégulière de la peinture.

Josselin n'en parle jamais. C'est Paulin qui lui a tout raconté. Il disait que c'était son droit, de savoir, ils vivaient ensemble après tout.

Paulin s'était appliqué, il avait insisté plusieurs fois sur la beauté de Josselin, « il était beau, t'as pas idée », et les filles qui tombaient comme des mouches jusqu'à ce jour qui a tout gâché, quand Josselin a eu la mauvaise idée de fumer une cigarette. Il l'avait piquée dans le paquet de son père. Il faisait ça souvent, et il se cachait aux toilettes, celles où personne n'allait jamais. C'était la partie un peu délabrée de la maison, les parents de Josselin devaient faire des travaux depuis des années, une chambre d'ami avec salle de bains intégrée, « un rêve de riche, on va pas se le cacher ». Toujours est-il qu'il était assis là, il voulait échapper aux tâches quotidiennes qui l'attendaient toujours après les cours, nettoyer l'enclos des vaches, rassembler le foin, remplir le bassin, vérifier les niveaux du tracteur. Son père lui apprenait tout pour qu'il prenne la relève. La fumée s'échappait par-dessous la porte, alors il avait actionné un désodorisant, « un truc qui pue genre senteur de la mer ». La suite, il fallait bien l'imaginer.

À l'hôpital, on l'avait mis avec les grands brûlés et il était resté plusieurs semaines sans bouger, à supporter les râles des autres qui avaient peut-être risqué leur vie, fait un truc bien pour être là.

Et plus tard, il avait dit à Paulin ce qu'il avait compris, que sa vie, la vie telle qu'il la menait avec ses petites espérances à la con, sa vie était foutue, et le pire dans tout ça, c'est qu'il ne pouvait en vouloir à personne sauf à lui. Ethel lui avait servi un verre et quelques biscuits, Paulin était affamé, comme toujours, et entre deux gorgées il était allé trop loin, il avait raconté que ce drame n'avait pas brisé que Josselin, mais Josselin et Clotilde qui, il y a longtemps, étaient fous amoureux, et pour Ethel, c'était comme si on lui avait annoncé qu'elle avait perdu. Elle n'avait pas su quoi faire du récit de ces émois adolescents, de cette passion déjà vécue avant elle, de cette idée, donc, qu'elle arrivait après l'intensité, et de ce prénom, Clotilde, qu'elle entendait pour la première fois. Elle avait essayé de ne pas y penser, Josselin avec un autre visage, Josselin amoureux de cette femme, mais Paulin avait tout fait entrer dans sa tête et ces souvenirs qui n'étaient pas les siens avaient fini par la coloniser, et ils renaissaient dès qu'elle croisait Clotilde qui habitait à quelques pâtés de maisons de chez elle et que tout le monde appelait, depuis son mariage avec le maire, Mme Letourneur.

À l'étage, Ethel ausculte les quatre chambres en enfilade, les lits faits où personne ne dort jamais, où un enfant pourrait dormir un jour si elle voulait, si Josselin voulait aussi, mais ils n'en parlent jamais. Elle est sûre, pourtant, qu'il saurait s'en occuper. Dans les coins aveugles, elle observe les cheminées transformées en bibliothèques, les photographies jaunies dans les cadres, ces gens qu'elle n'a jamais connus, ce passé qui n'est pas le sien. Et les grands miroirs piqués qui donnent de l'ampleur au vacant, un peu de vertige à cette stabilité. Elle s'approche d'un fauteuil dont l'assise semble porter la trace d'un corps et un frisson la parcourt car elle ne s'assied jamais dans ce fauteuil, ni Josselin qui préfère la vieille chaise à bascule de son père, en bas. Elle approche sa main du coussin aux plis visibles même dans le noir et se demande comment ils peuvent être là, si formés, presque chauds. Elle pense qu'elle n'est peut-être pas seule et cette idée chasse toutes les autres. Soudain, elle imagine les présences anciennes. Et tandis que les hypothèses s'échafaudent, presque indépendantes de sa volonté, elle avance, fait les cent pas dans la pièce, écoute les murs, ouvre une armoire. Une odeur rance s'en dégage et elle ne peut s'empêcher de penser à ce dont elle est faite, elle aussi. Elle s'imagine un liquide noir couler en elle, à la place du sang. Il faudrait qu'elle s'en purge, qu'elle s'ouvre aussi, ainsi cela sortirait de sa bouche, de son corps, ce serait une vapeur chaude, un nuage sans couleur, et elle saurait qu'elle avait raison depuis le début, qu'il y avait bien une cause physiologique à son état.

Ethel écarte le voilage de la fenêtre. Ses yeux égrènent le jardin vide, toutes les nuances de noir, les roses immobiles qu'on devine contre le muret et la route silencieuse qui bientôt l'hypnotise, et elle se prend à imaginer ce qui peut rôder tout autour, les bruits qu'il doit y avoir dehors et qu'elle n'entend pas.

11
Josselin

Ils avancent l'un derrière l'autre le long du chemin qui monte et que tous évitent habituellement. Les branches tissent un toit au-dessus d'eux et se croisent, nombreuses, à hauteur du torse. Leurs pointes les touchent comme de fines épées et retiennent parfois leurs vêtements qu'ils détachent avec nervosité.

Ils s'engouffrent, jouant des bras pour avancer encore. Des cris d'animaux, au loin, précipitent quelquefois les battements de leur cœur, mais ils se sentent moins seuls, ils espèrent les entendre encore.

Josselin marche en tête. Son œil unique fixe un point qui n'existe pas, il marche et rien, ni la peur ni la nuit, pas même une armée d'hommes, ne pourrait l'arrêter. Il marche et pourrait marcher tout seul. Coupé du monde, de ses formes, de ses bruits, il jure et prie du bout des lèvres, sa tête entre mes mains, son corps sous le mien, la renverser, la jeter, entendre son souffle qui manque, lui couvrir la tête, la jeter au feu et tout oublier, pas un regard, un mot, elle pourra crier, personne pour venir, juste une peau qui gémit, une ombre qui meurt, en finir puis retrouver les bêtes, reprendre la vie et pouvoir compter les heures, les jours, à nouveau.

Il ne fait pas attention aux autres, à l'appréhension de Paulin si décidé tout à l'heure à en découdre et soudain si fébrile, ni à Adalric qui ferme la marche, vigilant, qui s'arrête parfois pour observer le chemin tout juste parcouru puis l'obscurité lointaine, essayant d'accéder au revers du silence, aux bruits perpétuels de la nature qui ne connaît pas le sommeil. Comme les autres, il ne vient jamais par ici.

Josselin s'arrête.

« C'est là ? dit Paulin

— La ferme, putain ! »

Paulin s'accroupit. La broussaille lui barre la vue. En même temps, s'il voyait, il ne saurait pas ce qu'il regarde car tout est noir ou presque. Josselin mâchouille une branche. On entend le cliquetis de sa langue et le mouvement de sa mâchoire qui se ferme et s'ouvre lentement.

À force de scruter le noir, l'intuition d'une forme apparaît derrière les feuillages épais et cette herbe gigantesque qui pousse, affranchie des hommes, depuis des années. Josselin pointe un doigt en direction du champ qui leur fait face. Le vent fait frémir les fougères argentées et aplatit quelques instants la nature. Le coin d'une maison émerge enfin et la pierre râblée flamboie sous la lumière de la lune.

L'endroit de malheur.

Josselin sait qu'elle va se montrer, qu'à tout moment elle peut apparaître, peut-être qu'elle les voit aussi, retranchée dans cette ruine. Elle les attend. Il crache dans l'herbe. « On y va. »

Leurs pieds cherchent d'abord le sol puis se posent sur une terre spongieuse avec des trous et de petites éminences, des herbes excessives se balancent et se multiplient à mesure qu'ils avancent à l'aveugle, perçant un mur sans fin qui, à peine ouvert, se referme immédiatement sur eux. La lune les surplombe. Josselin la regarde un instant. La lumière est trop vive. Il se dit qu'il faut qu'elle parte, il fera tout pour venir à bout d'elle. Josselin serre fort son arme. Il est plein d'une rage qu'il n'en peut plus de retenir. C'est une meute qui l'habite et il pense qu'au lieu de faire comme toujours, ignorer son vacarme, il pourrait enfin l'écouter et hurler avec elle. Faire ce que personne n'ose faire, rétablir l'ordre, la place de chacun.

Le sol, soudain dur, lui indique qu'ils approchent de la maison. Ils doivent se trouver sur l'ancienne terrasse. Sur la droite, une balancelle à l'abandon que le vent pousse légèrement.

La maison surgit, entière, massive. À la place des fenêtres, des trous noirs avalent des branches de lierre qui enlacent depuis mille ans les volets. « On fait quoi maintenant ? » Paulin laisse son regard errer tout autour. Le moindre son le fige. Josselin peut entendre sa peur. Ils n'auraient pas dû le prendre avec eux. « Toi, tu fais le tour, tu vas voir derrière. » Paulin fait non de la tête et dit en ricanant qu'il ne veut pas mourir.

« Allez bouge !

— Vas-y toi si tu veux, moi je vais pas derrière, t'es fou.

— Alors pourquoi t'es là ? »

Un silence absolu retombe.

« Et vous, vous allez où, hein ? »

Une souris se faufile entre les pieds immobiles de Paulin, elle lève le museau vers ses lacets. Il pense un instant à l'écraser mais elle disparaît dans l'herbe.

« On n'aurait pas dû venir ici, ça pue la mort.

— Eh bah casse-toi putain. »

Les yeux écarquillés, Paulin contemple ce lieu désolé. Il lève sa tête pleine de sueur et d'embarras vers le ciel puis de nouveau vers le champ, et l'obscurité. La brume monte obstinément, on dirait qu'elle sort de terre.

Paulin part en même temps qu'un vent froid qui plaque de hautes tiges sur eux trois et des gouttes d'eau perlent sur les doigts de Josselin qui a toujours su, au fond, que Paulin était un trouillard. D'un geste, il dit à Adalric de rester là et il s'avance seul, les deux mains sur le fusil. Arrivé au seuil de la porte, il jette un dernier coup d'œil derrière lui et entre.

12
Gautier

Des braises roulent jusqu'au tapis.

Il est joli ce tapis, rouge et vert, avec des motifs dessus qui font un peu mal aux yeux. Depuis un certain temps maintenant, Gautier essaie de comprendre le secret de leurs entrelacements, la logique qui préside à cette apparente géométrie. Est-ce que ce sont les losanges qui permettent de voir les carrés ou le contraire ? Mme Letourneur fait des crêpes dans la cheminée du salon et elle n'arrête pas de répéter qu'elle les fait vite, qu'elle aurait pu mieux les faire, elle dit toujours cela quand elle cuisine quelque chose pour lui. Souvent, elle lui fait des plats qu'elle dépose devant sa porte dans des boîtes en plastique de toutes les couleurs et c'est toujours délicieux. Son père, il est plutôt du genre à mettre du surgelé au four.

Son père. Des heures qu'il est parti, trois, peut-être deux. Quoique Gautier se soit souvent dit que les heures passent plus vite parfois, elles sont comme des minutes, alors ça pourrait faire beaucoup plus, même si ça n'en a pas l'air. Mais une minute, ça pouvait être très long aussi, il le savait, ça lui était déjà arrivé d'attendre que toutes les secondes d'une seule minute passent, de les compter, c'était dans les bois, il ne fallait pas parler parce que sa voix aurait fait fuir les poissons qu'il avait essayé de pêcher avec son père et ils n'en avaient attrapé aucun, ils étaient restés assis sur un gros caillou à attendre que ça morde et Gautier s'était dit que le temps, parfois, passait lentement. Il s'en souvient, c'était un week-end après la mort de sa mère. Ils avaient campé à la belle étoile, une idée de son père pour aller mieux. Dans leurs sacs à dos, il y avait des raviolis en conserve et de la guimauve, et dans leurs têtes, c'est certain, des pensées qui avaient tourné en rond mais qu'ils avaient tenues secrètes, pourquoi elle n'est plus là, et si elle avait pris cette route une minute plus tard, trois secondes plus tôt, quel est le dernier mot qu'elle avait dit, et eux, leur dernier mot pour elle, c'était quoi ? Gautier avait posé la question à son père, alors qu'ils étaient tous les deux emmitouflés dans leurs sacs de couchage posés sur l'herbe parce qu'ils n'avaient pas réussi à fixer la tente dans le sol. « Dis papa, tu te souviens de la dernière chose que t'as dit à maman ? » Son père n'avait pas répondu, Gautier avait patienté un peu et il avait finalement tourné la tête vers le ciel et les étoiles qu'il n'avait jamais vues si nombreuses. Il s'était promis de ne pas s'endormir avant de s'en souvenir, lui, de ce qu'il avait dit, mais il était tard, pas loin de minuit. Il n'avait pu tenir sa promesse.

Le tapis brûle par endroits, de petits cratères commencent à se former et font disparaître les losanges et les carrés. Gautier balaie les braises avec ses pieds et Mme Letourneur le remercie, des larmes lui montent même aux yeux, Gautier ne sait pas si c'est juste le reflet des flammes ou si elle est émue qu'il ait sauvé son tapis de la destruction, et sans qu'il puisse rien faire, elle l'attrape et le serre contre elle. Il peut sentir le cœur de Mme Letourneur battre à toute vitesse sous sa poitrine et il s'en étonne car elle a vraiment de gros seins et il a toujours pensé que des seins de cette taille étaient comme un mur très solide qui ne laissait rien passer, pas un bruit, mais on entendait très bien en fait.

Et il se souvient un peu de sa mère.

Il fait nuit et il n'arrive pas à dormir. Il a sa tête dans son cou à elle, les jambes ramassées sur les siennes, il fait chaud là et l'odeur de sa peau comme du miel, l'étrange trou qui se forme dans sa clavicule, il se souvient qu'il aurait aimé cacher des choses juste ici, personne ne l'aurait su et rien n'aurait pu arriver parce que sa mère les aurait protégés, lui et ses trésors. Et alors qu'il étouffe un peu dans les bras de Mme Letourneur, il pense à la seule phrase de sa mère dont il se souvient, celle qui dit qu'il faut passer la nuit, qu'elle va passer toute seule, et qu'après seulement, le jour reviendra.

« Comment ça se passe à la maison ?

— Ça va.

— Tu sais, mon grand, je pense souvent à toi et... »

Elle desserre ses bras et libère Gautier pour poser un morceau de beurre sur la poêle.

« Je sais qu'on se connaît peu, mais ta mère, je l'aimais beaucoup, et je sais que ça doit être difficile pour toi de ne plus l'avoir à tes côtés, et je voulais te dire que... »

Elle verse une louche de pâte à crêpes dans la poêle qu'elle fait tournoyer avec son poignet. Elle soupire.

« Ce que je veux dire, c'est que tu as le droit de ressentir des choses et de les exprimer, d'accord ?

— D'accord.

— Et à l'école, tu as des copains ?

— Oui. »

Elle décolle les bords de la crêpe avec une spatule.

« Et avec ton père, ça va ?

— Ça va.

— Ton père... c'est un sacré bonhomme ! »

Gautier se demande ce qu'elle veut dire par là et n'ose pas poser la question, car la conversation continuera et il n'a pas envie de parler, il ne sait même pas quoi répondre, il ne s'est jamais dit « avec mon père, ça va », parce que tout va bien avec son père.

« Toujours à rendre service, soucieux des autres... »

À deux ou trois reprises, effectivement, Arnaud avait aidé Mme Letourneur à sortir ses courses du coffre, il avait colmaté un trou de taupes et prêté son échelle pour réparer un volet. Gautier réfléchit à d'autres exemples tandis que Mme Letourneur dépose d'un geste délicat la crêpe sur une assiette.

« C'est rare, quelqu'un comme ça. Crois-moi. »

Gautier acquiesce et il ne comprend pas pourquoi Mme Letourneur le regarde avec ces yeux-là.

« Et ça ne doit pas être facile pour lui non plus. Depuis que ta mère n'est plus là... »

C'est le type de phrase que Gautier connaît par cœur. Il a appris à les repérer, depuis le temps. Des phrases qui ne mènent nulle part, et les adultes pensent que ça fait du bien de les entendre alors que pas du tout, ça fait que répéter une évidence, sa mère qui n'est plus là, et c'est à lui d'écrire la suite, alors que la phrase, elle est déjà finie. Sa mère n'est plus là. Point. Ça ne l'empêche pas de dormir, de manger, de respirer. Parfois, ça le rend triste, mais ça ne dure jamais très longtemps. C'est difficile à expliquer, parce que tout le monde attend de lui qu'il ait du chagrin, mais il n'en a pas vraiment.

« Tu sais si... il a quelqu'un ? Une amoureuse ? »

Gautier fait non de la tête et il sait ce qu'elle doit penser.

« Parce qu'il est jeune, ton papa... »

Si elle savait.

« Il pourrait refaire sa vie... »

Les soirées raviolis, les étagères dans sa chambre, le circuit de train autour des fauteuils du salon, les récitations, la crème pour les bleus, les petites roues retirées de son vélo parce que maintenant il sait rouler sans.

« Être épaulé au quotidien... »

Et puis les soirées foot de temps en temps parce que sinon c'est 20 h 30 au lit avec une histoire quand même, la veilleuse en forme de balle de tennis dont il n'arrive pas à se passer, la bouillotte qui chauffe les draps, son linge toujours plié et qui sent le propre, et les placards de la cuisine toujours remplis, les listes qu'ils font avant d'aller faire les courses pour ne rien oublier, les réunions d'urgence autour de la table de la cuisine pour réfléchir à la tactique à adopter le lendemain, dans la cour de récré, quand la bande à Arthur a promis à Gautier de lui refaire la tronche.

Son père et lui, ils n'ont besoin de personne.

« Je sais pas, dit Gautier. »

À ces mots, Mme Letourneur reste quelques instants la bouche ouverte, sur le point de parler, puis elle se ravise, un peu perdue, comme si elle était enfin consciente qu'elle n'obtiendra pas les réponses attendues.

Elle se lève brusquement et s'approche de la grande baie vitrée qu'elle fait glisser pour l'ouvrir. « Tu as entendu ? » Elle met la tête dehors, un pied puis un autre. On dirait un animal qui sort de son trou. Gautier jette un œil aux crêpes qui s'amoncellent dans l'assiette, toutes ces crêpes, ça plairait sûrement aux romanichels. Il réfléchit à comment faire pour en prendre quelques-unes sans que Mme Letourneur le voie, à comment les emballer, les cacher. Il pense d'abord les déposer quelque part dehors, ou non, plutôt les garder sur lui, et si jamais il les croise, ce serait tellement bien, alors il pourra leur en donner, et ce serait une manière d'engager la conversation avec eux, de leur dire qu'il leur veut du bien, parce qu'ils se cachent bien pour une raison, pour échapper aux hommes qui ne veulent pas d'eux dans leur jardin, dans leur maison. Ils se cachent parce qu'ils n'ont pas le choix.

« Pierre ! Mais qu'est-ce que tu fais là ? »

Gautier se penche un peu et dans la nuit il aperçoit les chaussures de Pierre, blanches avec une vague jaune fluo, il les a vues tout à l'heure à la porte de sa maison avec son père, Josselin et Adalric, et il s'était demandé pourquoi on laissait les chaussures dehors la nuit, à quoi ça servait à part refroidir les pieds ce qui, en cette saison, était plutôt une mauvaise idée. « Tu as faim mon chéri ? » Pierre fait non de la tête. Gautier voudrait dire quelque chose d'intelligent et ne pas passer que pour le garçon assis à côté des crêpes. Pierre, il sait des choses que personne ne sait. Un jour, il lui avait montré un nid de fourmis, Pierre s'y connaissait beaucoup en fourmis, par exemple il savait la différence entre les charpentières et les pharaons, Gautier, il en avait jamais vu des fourmis pharaons, elles vivaient pas là, pareil pour les fourmis du désert, elles, elles marchaient à l'envers, leurs yeux étaient pas vraiment utiles mais elles arrivaient toujours à rentrer chez elles.

« Papa veut que je lui apporte des affaires. Je fais que passer. »

Mme Letourneur plaque une main contre son front, elle ressemble un peu à une actrice de théâtre, celles qui ont les grandes robes à plusieurs étages et ont toujours l'air d'avoir mal à la tête.

« Mais oui, bien sûr ! Prends son pull gris. Dans la chambre, il est plié. Et une écharpe ! »

Les mots lui viennent les uns après les autres, elle ferme les yeux, secoue la tête l'air de dire « Non, pas celui-là », et tous les vêtements de monsieur le maire y passent.

« Et il doit avoir faim, ils doivent tous avoir faim là-bas...

— Mais maman...

— Allez ! »

Et de sa main, elle ordonne à Gautier de se lever.

« Habille-toi.

— On va où ?

— Avec les autres, sur la place, on prend les crêpes. Un cageot de pommes, le pain, le lait. »

Mme Letourneur disparaît dans la cuisine.

« On vide le frigo ! Je vais tout jeter sinon... »

Pierre est monté à l'étage et Gautier profite d'être tout seul pour s'emparer de plusieurs crêpes qu'il met en boule sous son pull. D'abord, il a l'impression de faire quelque chose de mal, et puis il se dit que c'est pas grand-chose, que Mme Letourneur, si elle s'en rendait compte, comprendrait. Elle dit toujours qu'elle a un grand cœur.

Gautier est prêt. Sur le seuil de la porte, il observe les fuchsias qui l'entourent et il se dit que ces fleurs ressemblent à des insectes et qu'elles ne sont vraiment pas jolies. Il se penche pour en observer une qui n'est pas encore ouverte et, avec ses doigts, presse le bulbe pour le faire éclater. Pierre le voit faire et rit doucement. « Ah non ! Tu laisses mes fleurs tranquilles ! » Mme Letourneur ferme la porte de sa maison et prend la main de Gautier, soudain propulsé en avant. Elle a mis du parfum. Gautier, dans l'axe direct de l'effluve, se retient d'éternuer. Elle marche de plus en plus vite et lui tient la main très fort, marmonnant des phrases à Pierre qui ne répond pas.

Gautier regarde tout autour de lui, les arbres, les ravins, les petits murs de pierres qui délimitent les maisons. Ils doivent être là, les romanichels. Pas loin. Peut-être qu'ils sont, à cet instant même, en train de l'observer. Comment leur faire comprendre, leur dire « N'ayez pas peur ! », le dire comme sa mère lui disait. Et il pense aux crêpes sous son pull qui ne sont sûrement plus très présentables.

« Le feu, j'ai oublié d'éteindre le feu. »

« Laisse tomber, m'man, il va s'éteindre tout seul. »

Elle met l'assiette de crêpes dans les bras de Pierre.

« Allez-y, je vous rejoins.

— T'es sérieuse ? »

Elle se penche vers Gautier et pince sa joue.

« Tu me laisses le gamin ? »

« Tu restes bien avec Pierre, d'accord ? » Et Gautier acquiesce en plaquant sa paume froide sur la joue qu'elle vient de pincer un peu trop fort, comme si tout en voulant être affectueuse elle avait aussi voulu lui faire du mal. Pierre est parti sans l'attendre. Gautier le rattrape et, tout en courant, il prend discrètement un morceau de crêpe sous son pull et l'avale.

« Tu sais ce qui se passe, toi ? demande Gautier.

— De quoi tu parles ?

— De la nuit.

— J'en sais pas plus que toi.

— Et le temps, à ton avis ?

— Quoi, le temps ?

— Il existe toujours ? »

Pierre rit un peu.

« T'en fais pas. Le temps, c'est la seule chose qui disparaîtra pas. »

L'air s'est rafraîchi. Pierre réajuste la bandoulière de son sac. Ses yeux balaient les environs.

« Et les bêtes qui sont parties, c'est bizarre non ? »

Pierre prend un chewing-gum et le met dans sa bouche.

« Mon père il m'a dit que les vaches, quand on les emmène à l'abattoir avant de mourir, elles font plus de bruit, on les entend plus parce qu'elles savent que ça sert à rien de s'agiter. Elles savent ce qui les attend, en fait. »

Pierre accélère le pas.

« Tu crois qu'elles font pareil là ? »

Gautier entend Pierre respirer. Il sent bien que les questions l'embêtent un peu, sinon il répondrait.

« Peut-être qu'elles sentent quelque chose qu'on peut pas sentir, nous, tu vois ?

— Je vais te dire un truc. Y a rien à comprendre. Les choses arrivent, c'est tout. »

Les choses arrivent. C'est tout.

Ils marchent plus vite encore. Les arbres défilent. Gautier, essoufflé, les observe tous et tente de déceler un mouvement. Il entend des craquements et, derrière, le bruit du vent qui fait se balancer les branches, des coups discrets, des clapotis confus, mais tout ce qu'il perçoit il se met à en douter immédiatement parce que Pierre, imperturbable, ne se détourne pas de la route. Il a l'air de ne rien entendre. Les yeux de Gautier se perdent dans le noir et bientôt ces arbres qu'il connaît si bien, jusqu'à leur nom – c'est facile, il suffit de les apprendre, son père lui a toujours dit que c'est important de savoir qui ils sont, de regarder comment ils vivent, Gautier sait même calculer leur âge, c'est plus facile à faire sur les troncs coupés –, ces arbres, ils ne sont plus que des taches qui tremblent et qui parfois, avec le vent, s'approchent de lui, manquent de le toucher, de le prendre et le soulever avec leurs grandes palmes touffues pour l'emmener loin d'ici. Et dans sa tête, ça tourne en boucle.

Les choses arrivent.

Rien à comprendre.

Il se dit que son père ne serait pas d'accord, surtout que quand il reviendra, il aura trouvé une solution.

si je n'étais pas là que feraient-ils

je leur offre ce qu'ils n'ont pas
d'être ensemble un peu
quelque chose à partager

que l'eau m'emporte s'ils veulent
elle les prendra aussi

13
Anna

Pierre ne cherche pas à plaire aux autres. C'est ce qu'elle aime chez lui. Ses avant-bras aussi, quand il retrousse ses manches. Lucie, elle ne l'a jamais trouvé beau. Elle disait « C'est le genre de type qui peut tuer quelqu'un, ça se voit, je t'assure », mais un jour elle avait fait comme tout le monde, elle lui avait glissé un billet pour qu'il l'aide sur sa présentation en physique. Anna ne lui avait jamais rien demandé pour les cours, elle ne l'avait jamais craint non plus. Ils étaient les seuls de la classe à habiter ce village, alors ils se croisaient tous les matins à l'arrêt du bus, et pendant des années, quand ils étaient au collège, ils ne s'étaient pas adressé la parole, pas regardé, et un jour Pierre était en retard et Anna avait dit au bus d'attendre encore un peu, le temps que Pierre dévale la route. Il avait remercié le chauffeur et elle s'était enfoncée dans son siège pour ne pas être vue, elle n'espérait rien, elle se disait qu'il aurait fait la même chose pour elle, et dans le bus presque vide Pierre ne s'était pas assis à sa place habituelle, la troisième rangée sur la gauche, côté fenêtre, il n'avait pas mis son casque sur les oreilles et sa capuche pardessus, non, il était venu près d'elle. Les jours d'après aussi.

Soudain, ils passaient du temps ensemble. Au départ, Anna ne s'en rendait pas compte. C'était Lucie qui le lui avait fait remarquer, elle avait dit « On ne te voit plus », comme si Anna avait fait quelque chose de mal.

« C'est ton mec ?

— Non.

— Mais il t'intéresse ?

— Pas du tout, pourquoi tu dis ça ? »

Lucie ne croyait pas à l'amitié entre fille et garçon. La vraie, la seule amitié qui puisse exister, c'était entre filles, en l'occurrence la leur.

« Tu viens dormir à la maison ce soir ? Comme ça, on révise l'histoire. »

Anna avait prévu de réviser l'histoire avec Pierre.

« Ma mère cuisine pour nous, elle se sent mieux ces temps-ci, alors on en profite. »

À l'instant où elle avait prononcé ces mots, elle avait senti le mensonge dans sa gorge et les secondes ralentir, elle avait espéré que Lucie ne pose pas de questions, n'essaie pas d'en savoir plus ou n'ait pas l'idée de passer déposer des gâteaux ou un truc du genre comme elle le faisait parfois, car sa mère gardait le lit depuis des jours et elle le garderait sûrement encore un peu, elle cuisinerait pour eux bientôt peut-être, et cette possibilité se gonflait de tant d'incertitudes qu'elle préférait ne pas y penser.

« Mais demain, d'accord ? »

Demain. Pierre et elle s'attendraient à l'arrêt de bus. Et dans le car qui traverse les champs vides, ils parleraient de tout et de rien, ils fouilleraient à l'intérieur d'eux-mêmes et chercheraient loin, très loin, pour donner à l'autre quelque chose de jamais donné à personne, parce qu'ils savaient que ce genre d'alchimie était rare, il y en a pour qui cela n'arrivait jamais, et les gens pouvaient passer, s'asseoir à côté, faire du bruit, ce n'étaient que des ombres, moins que cela, il arrivait même que leurs paroles les extraient totalement du monde. C'étaient les moments préférés d'Anna. Eux deux sur la route, assis tout au fond, à se dire ce qu'ils vont faire ce soir ou dans la vie. Elle, son rêve de vivre en ville et de faire du droit. Lui, qui préférait les arbres au bitume mais aimerait bien voir deux trois merveilles avant de mourir, car c'était de la vie des autres, des complots, des convoitises qu'il se fichait, pas du monde en général. Anna admirait son calme, comme il laissait dire, comme il écoutait les voix cracher sur lui parfois et sur la terre qui les portait tous, dénigrant toutes les putes du monde dès qu'une goutte de pluie s'abattait sur eux, qu'un bourdon osait les approcher. Quelque chose le tenait.

« Un jour je t'emmènerai, tu verras. »

Et pendant longtemps Anna avait cru que Pierre parlait d'un pays lointain, mais elle était restée sans voix quand il lui avait raconté ce qu'il avait trouvé dans les bois, au bout de la rivière, à quelques kilomètres de chez eux, entre deux énormes rochers recouverts par les fougères.

Au départ, cela ressemblait à une simple cavité, il avait dû y avoir des hommes préhistoriques ici, et il s'y était faufilé, l'endroit était assez spacieux et accueillait une petite jungle. Des grenouilles y avaient trouvé refuge, des oiseaux aussi, et des insectes qu'il n'avait jamais vus. Pierre était resté là quelques heures à observer cette vie cachée, à chercher d'où pouvaient venir les racines de ces plantes qui semblaient sortir de la roche, et il avait suivi leurs tiges qui s'enfonçaient, avant de s'enfoncer lui aussi dans un couloir étroit, tête la première, rampant sur des dizaines de mètres vers le bas. Tant qu'il avait pu avancer, il avait avancé, et ce qu'il avait vu au bout dépassait l'entendement, il disait qu'aucun mot n'était approprié pour décrire ne serait-ce qu'un fragment de ce dont il avait été témoin.

Il s'était extrait totalement du boyau, il avait dû pousser fort avec ses jambes, s'était agrippé à tout ce qu'il pouvait pour tirer son corps, il avait pu sentir son souffle s'amoindrir, l'air qui lui manquait dans cet effort. C'était comme un accouchement à l'envers. La terre l'avait aspiré dans un sens pour l'empêcher d'accéder à cet autre monde, mais lui avait poussé tout son corps dans l'autre sens, gagnant quelques centimètres à chaque mouvement, serrant la mâchoire. Il n'y avait pas eu de place pour la douleur et les cris. Il avait réussi à s'extraire, il était tombé de plusieurs mètres dans un immense lac, profond et chaud.

Des stalagmites géantes avaient poussé de toutes parts, l'eau s'y reflétait et des bouts de lumière vacillante faisaient scintiller ce plafond de pierre. Il avait nagé jusqu'à une plage de sable gris. Devant lui s'étendaient de grandes falaises qui menaient, en leur creux, à une forêt qui sortait de nulle part et dont les arbres étaient aussi grands, plus grands peut-être, qu'à la surface. Leurs cimes n'atteignaient pas les hauteurs de la cavité, des hauteurs qui, par endroits, étaient percées de petites béances, laissant d'infimes filets de lumière toucher cette nature clandestine, vierge de trace humaine. Et cette forêt, à vue d'œil, s'étendait sur un kilomètre au moins.

Pierre était parti et était revenu, trouvant à force de recherche une autre entrée, plus aisée, en dessous de la rivière, et il avait condamné la première afin que personne ne puisse découvrir ce lieu. Plusieurs fois, il avait arpenté cette galerie souterraine, allant toujours plus loin dans son exploration. Il y avait installé son camp. Une tente, un lit de fortune, quelques outils, des provisions. Il avait même construit une barque car toute une partie de la grotte, qui mesurait selon ses calculs au moins neuf kilomètres de long, était praticable sur l'eau, et il était certain qu'en continuant encore à avancer, il découvrirait que la grotte se prolongeait, qu'elle était non seulement habitable mais pleine de promesses, et il s'était juré de venir là quand le temps viendrait.

C'était là qu'il voulait emmener Anna.

Le feu n'a pas faibli. Il a mangé tout le bois. On est allé en chercher dans les maisons, on a fait une nouvelle réserve. Les enfants sont couchés tête-bêche et emmitouflés dans des couvertures. Anna leur lit une histoire et leurs yeux grands ouverts sont immobiles et pleins de lumière, et elle se demande s'ils ont peur, s'il faut leur dire, comment leur expliquer non pas ce qui arrive mais ce qui les attend. Pierre, ça lui prenait la tête et le cœur tous les jours, du matin au soir, il disait souvent qu'il n'y a pas de répit pour ceux qui savent mais qu'il y en a pour les autres, et Anna aurait préféré faire partie de ce cercle-là, elle aurait voulu trouver le sommeil, comme eux, être ces têtes sur ces épaules, ces mains offertes au vide, dans l'étrange acceptation qui a chassé l'impatience, se laisser bercer par la nuit et avoir une place au milieu de ces corps épars et délicatement liés. Tout mais ne pas savoir.

Une silhouette apparaît au loin. La seconde d'avant, Anna en est sûre, il n'y avait rien. Personne. Tout le monde dort autour. Par un effet de contagion, les enfants se sont assoupis les uns après les autres en quelques minutes, sa mère aussi qui, d'habitude, doit s'imbiber de médicaments pour trouver le sommeil. Il n'y a qu'elle qui voit ce corps sortir des buissons et marcher sur la route. Elle se redresse. En s'éloignant du feu, l'air frais s'engouffre sous ses vêtements trop fins. Elle s'approche de la route et plus elle avance, plus la silhouette se disloque dans la nuit.

« Attendez ! »

Anna pense que c'est la femme, car n'importe qui d'autre serait venu près du feu, n'importe qui se serait approché et aurait pris des nouvelles, en aurait donné. L'obscurité est maintenant totale. Anna fait confiance à son regard qui va s'ajuster à l'obscur, aux frémissements qu'elle entend encore devant, à ce qu'il y a derrière, elle s'accroche au moindre son, au bruit de l'eau qui coule en légère cascade dans le ravin d'à côté, aux feuilles qui se froissent sous le vent. Elle a la sensation de marcher dans le vide et si elle pensait, si seulement elle prenait conscience de la situation, elle dans le noir, elle pourrait pleurer. Alors elle fait tout pour oublier où elle se trouve et mettre un pied devant l'autre.

Les frémissements ont disparu. Soudain, elle mesure l'opacité de la nuit, sa solitude béante, et le vertige la saisit, elle a le sentiment qu'elle pourrait tomber à tout moment, que ses jambes ne la tiennent plus. Elle rebrousse chemin en se fiant à l'eau qui court, les jambes vacillantes, le torse chaud. Si seulement elle l'avait rattrapée, si elle l'avait convaincue de s'arrêter, les choses se seraient peut-être arrangées. Elle aurait voulu ne pas l'effrayer, lui dire qu'on la cherche, la sauver de ce qui se prépare. Anna rejoint le feu mourant et sent la fatigue la prendre. Elle contourne les enfants endormis. Elle n'est plus certaine d'avoir vu quelqu'un.

« Du nouveau ? » Le maire, les yeux hagards, lui attrape le bras.

« Non, rien.

— Mais qu'est-ce qu'ils foutent ? »

Elle n'en revient pas de n'avoir rien à dire, du cauchemar qui dure, de tous ces visages qui ont pris un air trouble dans la nuit, de la pensée qui ne fonctionne plus chez personne, qui s'est arrêtée en même temps que tout le reste.

« Mon père sera bientôt là. »

Même ça, elle n'y croit plus.

« J'en suis sûre.

— Comment ? Comment vous pouvez en être sûre ? »

Suzanne a pris la parole.

« Mon père sait ce qu'il fait.

Ah oui ? »

Anna sent le poids du dédain dans ces mots.

« On aurait dû partir en même temps qu'eux, tous ensemble. Ne pas s'éparpiller comme ça.

— Ils vont revenir, on en saura plus bientôt. »

Mais Suzanne interpelle les gens muets, elle demande pourquoi Josselin, Adalric et Paulin ne reviennent pas non plus, pourquoi ils mettent autant de temps, s'il ne faut pas aller les chercher.

« Moi je ne vais pas rester là à m'offrir gentiment à la mort, je ne vais pas attendre encore comme ça, il faut que je retrouve mon mari...

— Ça ne sert à rien de paniquer, dit le maire. On s'en tient à ce qu'on a décidé.

— Mais on n'a rien décidé du tout, nous, c'est vous qui avez obéi à Josselin.

— Non. C'est nous tous. »

Le maire se triture le crâne qu'il a chauve. Il veut parler mais se ravise plusieurs fois. Suzanne se met à rire doucement, puis des sanglots aigus la prennent comme par surprise et elle se tient la bouche avec une main, avec l'autre, pour les étouffer. Anna la prend dans ses bras et regarde la ronde qui s'est formée, sa mère qui la fixe comme une petite fille implore. Elle connaît cet appel à l'aide, pas besoin de mots. Son père n'étant pas là, c'est à elle de la prendre en charge, de repousser le moment de sa chute, d'éviter une disparition à laquelle elle se prépare depuis tant d'années.

Quelques secondes, elle imagine. Plus de pleurs sous les draps, d'inquiétudes le matin quand elle ne se lève pas, et la main qu'on met sous ses narines pour s'assurer qu'elle respire, finies les humeurs en creux, ce peignoir qu'elle ne cesse de porter pendant des jours car aller mal signifie ne pas s'habiller, forcément, montrer au monde que le corps ne compte plus, que rien ne compte en fait, ni les autres ni soi-même. Anna avait toujours refusé de comprendre l'état de sa mère, d'où il venait, comment il s'était construit, pourquoi une femme qui a un mari dévoué, deux filles aimantes, comment une femme en bonne santé et qui ne manque matériellement de rien s'était enfermée dans le chagrin sans vouloir en sortir, refusant les soins, la parole, faisant de son calvaire un spectacle quotidien pour les autres. Depuis toujours, Mado croyait que c'était sa faute, elle ne cessait de chercher l'origine du mal et de couvrir leur mère de bouquets de fleurs sauvages et de poèmes car elle vivait avec la certitude qu'elle avait gâché la vie de celle qui la lui avait donnée, et que sa tâche désormais était de s'occuper d'elle, de lui masser les pieds, d'embellir ses mains de tiges au feutre noir, de l'enlacer pendant des heures, de lui lire des histoires aussi, et à force d'inverser les rôles, Mado était plus forte que tous les adultes réunis ici, avec sa cape de laine, son bâton dans les mains, prête à se battre pour vivre quand sa mère n'attendait qu'une chose, que la nuit l'emporte pour de bon.

Anna se dit qu'il aurait été plus facile que quelque chose se soit passé, qu'il y ait des décombres à la place du vide, des cris au lieu du silence, des murs à reconstruire, des gens à soigner, et elle se prend à rêver de la guerre, de combats qui auraient fait rage dans les champs, sur la mer, dans le ciel, d'ennemis sans vergogne qui les auraient persécutés, mis en mouvement, juste le réel qui leur tombe dessus. Cette lumière du jour, ils ne la reverront pas. Il n'y a pas si longtemps, elle s'offrait à eux si miraculeusement, sans qu'ils aient rien à faire, à demander, et ils la dénigraient, ils enrageaient contre elle et contre cette vie qui parfois s'étalait sans bruit et sans but, c'était cette lumière qui les obligeait à se lever, prendre la route, travailler, revenir, se faire face dans le miroir, cette lumière dont ils ne voulaient pas.

Tandis qu'Anna sourit à Mado, elle aperçoit Pierre qui arrive, suivi de Gautier, les bras chargés de victuailles. Suzanne se glisse hors de ses bras et Anna ne la retient pas car elle pense que tout va mieux, mais Suzanne sort de la ronde, elle marche lentement vers la route et face aux arbres noirs qui tremblent légèrement, elle murmure plusieurs fois le prénom d'Adalric, puis elle le crie, et sa voix qu'elle ne savait pas si puissante monte vers le ciel.

14
Ethel

Ethel s'était endormie.

Un sommeil constant l'avait maintenue immobile. Parfois, ses mains posées sur les bras du fauteuil s'étaient soulevées et étaient retombées lentement, maîtresses d'un ballet dont elles avaient le secret, et un instant sa bouche s'était étirée en un sourire fortuit et dans son ventre, dans le bas de son dos, entre ses cuisses, s'était installée une nuée de perles noires et vibrantes qui avaient tournoyé, butinant sa peau, et son souffle s'était fait plus grave, il était allé chercher cette source pour s'en nourrir, avait voulu toucher son cœur grouillant, puiser dans son mouvement, découvrir ce qui présidait à cette danse furtive, logée dans un endroit longtemps perdu et enfin retrouvé. Ethel avait cambré son dos. Une vague avait remonté jusqu'à ses épaules et ses doigts s'étaient accrochés, éreintés, aux accotoirs, et au son de la voix de Suzanne, elle s'était réveillée d'un coup. Son regard s'était ajusté à la pénombre de la pièce, retrouvant les repères d'une réalité qui regagnait son importance, l'armoire aux draps rances, la commode aux pieds de fauve, cette vieille carte au mur avec, gravés sur sa droite, les points cardinaux.

Ethel ouvre grand la fenêtre pour mieux entendre. La lune entre chez elle. Le silence est plein. Elle comprend que l'écho, peut-être la voix, est dans sa tête, pas dehors, et pour la première fois depuis longtemps elle ressent la contrée du rêve en elle, cette vie dans la vie qu'elle a provisoirement habitée. Le cri n'est pas là, il n'a peut-être jamais existé. Elle regarde la pièce, les objets, les matières qui prennent soudain une apparence laiteuse, le manteau blanc qui transforme les choses, le bois, le linge, sa vie éparpillée sur le tabouret, la commode, le bout du lit, et tout vit quand même, même sa peau lui paraît différente, enfin lisse, intouchée, une peau lavée du monde.

Elle s'approche du mur. On dirait qu'il a été éventré. L'ouverture est profonde et longue d'au moins un mètre. Elle pose ses doigts sur la couche de plâtre qui a cédé, heurtée par un poids invisible, elle regarde le sol, soulève le tapis pour ausculter le vieux parquet qui n'a pas bougé, puis lève les yeux vers le plafond et devine les sinuosités d'une fissure qui court jusqu'au mur d'en face. Elle vide le tiroir de sa coiffeuse, court jusqu'à la cuisine, ouvre tous les tiroirs, se saisit d'un couteau, d'un autre, les repose. Elle sort. Dans le cabanon, elle trouve les outils de Josselin et repart, une pioche à la main.

Elle frappe fort et le bruit des premiers chocs l'étonne car ils remplissent un silence qu'elle avait accepté. Le mur s'effrite, le trou s'agrandit, une vibration croît de l'intérieur de la cloison et de la pierre qu'elle touche désormais, et, sous ses pieds, la maison tremble. Ethel n'a même pas pensé qu'elle peut s'écrouler, elle veut juste savoir ce qu'il y a dans ce trou, pourquoi il est là, ce que cette maison lui cache depuis qu'elle est arrivée.

Elle creuse sans réfléchir, sous l'œil de la lune qui l'éclaire et rafraîchit le début de sueur dans son cou. Elle ne voit pas la silhouette dans l'entrebâillement de la porte, ce corps découpé dans le noir qui s'approche d'elle.

« Tu fais quoi ? »

Ethel sursaute. Derrière elle, Paulin observe la gueule ouverte du mur et s'esclaffe. Il a le rire d'un fayot qui va dénoncer un cancre.

« Qu'est-ce que tu veux ? demande Ethel.

— Rien, ch'passais. »

Paulin la regarde avec insistance. Ethel détourne les yeux, pose la pioche sur le haut de l'armoire et fouette la poussière accrochée à son pantalon.

« Si tu as faim, il y a ce qu'il faut en bas. Tu sais où c'est.

— J'ai pas faim. »

Il fait quelques pas dans la pièce, touche un chemisier posé sur le dossier d'une chaise et se perd quelques instants dans sa contemplation.

« Ils sont où, Josselin et Adalric ?

— Là-bas », dit-il.

Et il fait un signe de la tête en désignant, au loin, les grands arbres qui délimitent l'ancien domaine des Groult.

« J'y crois pas à leur truc. J'me suis barré. »

Il fixe le mur détruit.

« Tu m'expliques ? »

Ethel se dirige vers la porte.

« Tu vas où ?

— Chercher Max. »

Elle descend les escaliers et attrape son manteau. Paulin la suit et s'adosse à la porte d'entrée.

« Laisse-moi passer.

— T'es au courant que je me suis fait choper par les flics, l'autre jour ?

— Oui.

— J'avais vraiment déconné, mais heureusement Josselin était là. Je peux toujours compter sur lui.
— Il t'apprécie beaucoup. »

Un rire bref saisit Paulin.

« On n'imagine pas ce qu'y a dans un commissariat. Moi, j'ai passé la nuit avec une pute et un gamin qui avait forcé une voiture. Tous les trois dans une pièce où tu mettrais même pas ton chien.
— On en parlera tout à l'heure, tu veux bien ? »
Ethel prend un trousseau de clefs et la laisse du chien.
« Attends, j'en ai pour deux minutes », dit Paulin.
Il met son bras, comme une barrière, contre le mur, obligeant Ethel à reculer. Après un instant face à lui, elle s'assoit sur la première marche des escaliers.
« Je t'écoute.
— J'ai demandé à utiliser leurs toilettes, tu vois. Dans la cellule elles étaient bouchées. Le mec, il m'a mis les menottes devant pour que je puisse pisser. Il était plutôt sympa et il m'a ramené dans la cellule après, on a longé un couloir, y avait plein d'affiches sur les murs, j'm'en souviens, j'avais un peu décuvé, j'voyais quand même un peu. Y avait surtout des gens disparus qui souriaient sur les photos, des gens qui avaient l'air heureux, tu vois, t'aurais pas dit qu'il pouvait leur arriver un truc, mais on connaît pas la vie des gens, on sait pas comment ils vivent. Et je t'ai vue, sauf que t'étais brune sur la photo, pas blonde, et tu souriais beaucoup, et y avait marqué en gros "avis de recherche" avec ton prénom, Ethel, et un nom de famille que je connaissais pas, parce que j'ai jamais su comment tu t'appelles en fait, c'est pas marqué sur la boîte aux lettres, j'ai réalisé ça, et le courrier il est toujours adressé à Josselin. »
Ethel joue avec les clefs qu'elle a dans les mains.

« Alors je me suis dit que j'allais t'en parler, parce qu'on se dit les choses toi et moi, depuis le début, pas vrai ?

— Oui.

— Et alors ?

— Quoi ?

— T'as rien à dire ?

— Que veux-tu que je te dise ?

— C'est pas toi, sur la photo ?

— Pas du tout, tu as dû confondre.

— Tu t'appelles comment alors ? Hein ? C'est quoi ton nom ?

— Pourquoi ça t'intéresse ?

— Pour savoir qui t'es. »

Ethel se lève et se dirige vers la cuisine qu'elle traverse au pas de course. Paulin la rattrape et la plaque contre un mur.

« Lâche-moi.

— Il le sait, Josselin, ton nom ? »

Et tout en la menaçant dans ses murmures, Paulin la respire avec envie.

« Il le sait qui t'es, d'où tu viens, ce que t'as fait peut-être ? »

Il la respire encore.

« Tu vas me le dire, à moi ? »

Ethel esquisse un sourire.

« Tu trouves ça drôle ? » dit-il.

Ethel dit non d'une voix grave.

« Tu crois que j'ai pas compris ton jeu ? Je suis le seul à savoir ce que tu caches à tout le monde, alors maintenant tu vas m'écouter. »

Et il lui dit qu'il la trouve belle, qu'il l'a toujours trouvée belle, que ça fait trop longtemps que ses mains n'ont touché personne, alors si elle était d'accord pour qu'il la touche, lui accepterait de ne rien dire.

« D'accord ? »

Ethel tente de se dégager mais Paulin ramène son corps contre le sien, il glisse une main sous son pull, Ethel lui donne des coups, elle lui dit « Tu me dégoûtes, me touche pas, si tu me touches », mais le corps si frêle de Paulin est d'une solidité véritable qu'Ethel n'avait jamais soupçonnée. Elle ne peut rien face à ce corps, et le pire dans tout ça, c'est qu'elle a toujours ignoré le corps de Paulin, jamais elle ne s'est dit qu'il a, lui aussi, un corps, du désir.

Il longe son torse, le bas de son ventre, et quand il plonge sa main dans son jean, quand il agrippe son sexe tout en retenant son poignet de l'autre main, elle sait que c'est fini. Alors elle crie, elle n'a jamais crié comme ça, et c'est comme si elle ne vivait pas l'instant, que le bord rond et froid du meuble qui s'enfonce dans son dos n'existait plus, et elle serre ses cuisses, argumente, menace, supplie ; Paulin n'écoute pas, il continue, l'écrase, lèche son cou, ses joues, ses oreilles, il prend toutes ces décisions une à une, bridant les moindres rébellions, arrêtant les coups trop faibles, et Ethel calcule la distance qui la sépare de la porte ou de la fenêtre qu'elle pourrait peut-être briser, et tandis qu'un vase tombe et se casse, tandis qu'elle hurle et que Paulin échoue à l'immobiliser, elle aperçoit une silhouette dehors.

Quelqu'un l'a entendue.

Elle crie qu'on l'aide, elle sait que cela va arriver.

Un visage effaré s'approche de la vitre et disparaît aussitôt. Ethel a le temps de le reconnaître, elle crie encore plus fort.

« Clotilde ! »

Paulin ne la croit pas d'abord, puis il s'arrête net et Ethel retrouve un peu d'elle-même, elle est sauve tout en se sachant vaincue, pour la première fois consciente du maillage de son corps, de ses mains accrochées à ses bras, ses pieds à ses jambes, sa tête à son cou, de ce qu'il a failli prendre et de ce qu'elle a peut-être, malgré tout, perdu.

15
Josselin

On n'imagine pas à quel point l'immobilité requiert de la volonté. Il faut calmer le cœur, la respiration, anesthésier les muscles, faire le vide aussi dans sa tête, ne penser à rien tout en étant prêt à tout, empêcher l'escalade des souvenirs, toutes ces choses qui attendent quelque part en nous avec leur volonté propre, leur vie à elles, ne pas céder à cette mer puissante et sans rivages mais la circonscrire, la domestiquer pour rester alerte, prêt à tout si quelque chose devait arriver. Josselin avait construit ses digues tout seul et fait taire la tempête en lui, depuis longtemps. Il avait appris à ne pas bouger, à disparaître s'il le fallait.

La lune donne du relief à la nuit et ses yeux commencent à s'habituer aux nouveaux contrastes, à vouloir se fermer. Mais il résiste. Ses yeux ont peut-être abdiqué, pas lui. Que la nuit l'entoure, qu'elle demeure même, il ne cédera pas. Il respire l'air frais et regarde la maison déjà loin dont il n'aperçoit que le toit.

Il n'a rien trouvé là-bas. Il a fouillé tous les recoins pourtant, fouettant le lierre, les orties et les feuilles mortes qui s'étaient amassées contre les murs, détruisant les moisissures qui obstruaient les portes et empestaient l'air, il a retourné toutes les pièces, éventré les meubles lourds, et la nature semblait pousser sous ses yeux, grandir et se plier délicatement, percer les plafonds fragiles, et il a regardé le mouvement de ces plantes, comme elles s'approchaient de lui, comme elles l'attiraient, brouillaient son regard, et il a rasé les murs, cherchant un signe de vie, et chaque forme, chaque ombre qui émergeait de ces ténèbres, c'était elle, il fallait que ce soit elle. Josselin a fermé les yeux à plusieurs reprises pour reposer ses pupilles avec l'espoir, en les rouvrant, de mieux voir, mais les formes, les ombres revenaient.

Et puis il a voulu monter à l'étage. À chaque pas, l'escalier s'effondrait un peu, et plus il montait, plus l'escalier semblait se prolonger. Il a crié vers le haut, les mains autour de sa bouche pour que sa voix porte. À l'étage, le sol était troué et n'aurait pas supporté son poids, alors il avait retenu son pied, regardé les poutres du toit qui grinçaient, de la poussière était tombée après son cri, comme si cette maison l'entendait, lui répondait, comme si la pierre grondait tout autour, et au milieu de cet orage, pas un écho n'était venu. Il était redescendu, il était prêt, il suffisait qu'elle se montre, et son absence l'avait rendu fou, il avait dit « Viens ! Montre-toi ! » Il avait chuchoté en marchant, attendu, écouté le silence, crié, viens ! Et sur les tables décomposées, les étagères qui tombaient, sur le sol plein de terre et de foin, il avait trouvé des feuilles de papier, des dizaines, des centaines peut-être, étalées et volantes, toutes griffonnées d'une écriture minuscule et irrégulière, il avait pris son briquet pour lire, mais il faisait si humide dans cette maison que la flamme ne tenait pas et il avait voulu tout prendre, tout ramasser, il y en avait tellement que, découragé par l'ampleur de la tâche, rageant de ne pouvoir tout rassembler et tout lire, il avait jeté des dizaines de feuilles par la fenêtre. Il voulait faire table rase, qu'il n'y ait plus rien par terre, sous ses pieds, mais il y en avait tellement qu'il s'était finalement assis, un peu étourdi, au milieu de ce livre en mille morceaux. Certain, pourtant, de détenir la vérité qui la confondrait.

La mousse et les ronces avaient entouré les pierres et entamé sa peau, Josselin s'en foutait, il n'avait pas mal, pas froid. Pas peur. En face de lui, un immense miroir posé à même le sol reflétait les mouvements incessants de la pièce et il s'était servi de cette glace comme d'un outil d'observation, il avait scruté ce qui l'environnait grâce à ce tableau vivant, et les piqûres du miroir, si nombreuses pourtant, l'avaient soudain fait apparaître tel qu'il était, disloqué, et ce mot lui avait paru juste. Il avait contemplé son reflet, la forme de ses épaules et un bout de son visage qui était resté flou, son visage qui de toute façon n'existait pas et dont il avait oublié les traits car, et c'était la première chose qu'il avait faite après l'accident, il avait appris à ne plus se regarder.

Josselin avait longtemps envié les autres, ceux qu'on ne remarquait pas quand ils passaient quelque part. Lui, dès qu'il poussait une porte, entrait dans une pièce, un magasin, un restaurant, plus rien n'existait que lui. Il ne voyait qu'à moitié mais il voyait bien qu'on le regardait et il aurait tout donné pour n'être plus rien, pousser une porte, entrer dans une pièce et que l'univers l'ignore, que les gens vivent sans faire attention à son visage qui n'était plus là. Quand il était revenu de l'hôpital, il avait surpris sa mère en train de pleurer dans la cuisine, lui n'avait pas versé une larme encore, pas une, il n'en verserait jamais, mais elle se permettait de le faire et il lui avait dit « Regarde, regarde-moi bien, t'as pas le droit de chialer tu m'entends », et elle s'était tournée vers lui, elle avait fait face à ce visage surmonté de bandages et qui, en dessous, n'avait rien d'humain, n'osant pas le toucher, pas s'approcher, cherchant constamment à détourner les yeux de son fils chéri, oubliant sûrement l'Amérique, et Josselin s'était promis d'en finir.

Il était allé plusieurs fois dans la grange, avait observé les poutres, repéré le tabouret qui l'aiderait à se suspendre. Il s'était demandé comment ne pas rater son coup, ne sachant pas s'il aurait la force de recommencer. C'était une décision qu'on ne prenait qu'une fois. Son regard s'était perdu sur les fourches entassées dans la brouette, les bicyclettes rouillées qui avaient épousé le sol terreux. Avec la rouge qui n'avait qu'un seul frein, il avait dévalé les côtes souvent, quand il était môme, il s'était fait de grosses frayeurs mais il avait récidivé pendant des années, et la frayeur recommençait, la joie aussi quand il arrivait en bas sain et sauf. C'était l'époque des copains qui lui parlaient et de la « mortelle » qui ne l'était pas encore. Paulin tenait le chronomètre. Ils avaient établi des codes avec les bras pour prévenir que ça démarrait. Josselin s'élançait. Le vélo ne tardait pas à prendre de la vitesse et il fallait serrer fort les poignées pour ne pas tomber, pour maintenir droits le guidon et la roue avant, si fort que les rainures de caoutchouc s'ancraient dans la paume des mains et laissaient des traces longtemps après. Et venait le moment où tout se mettait à trembler, la chaîne, la selle, les pédales, Josselin pouvait sentir le vélo sur le point de se désintégrer et le danger n'était plus qu'une simple idée. C'est là qu'il fallait y croire. Sinon, c'était foutu.

Et puis, dans les renfoncements du toit, il avait observé les nids creusés dans le bois et les souris qui couraient, et à sa droite, une vieille porte cassée qui lui servait de cachette quand il était petit, à gauche, les crochets sur le mur, c'est là qu'on égorgeait les cochons. Son enfance, sa vie était là, partout. Et pour la première fois, il avait ressenti une pulsion dans le ventre et dans les pieds, l'instinct de survie ou un truc du genre, et il avait su qu'il pourrait continuer à vivre ici, avec sa peau cloquée et son œil gauche aveugle, avec la mémoire irrésistible de ses doigts remontant dans le dos de Clotilde, c'était cela qui le ferait tenir, ses doigts qui avaient frôlé l'attache de son soutien-gorge un jour, et l'arbre qui les avait cachés, qui aurait pu les cacher plus longtemps encore s'ils étaient allés plus loin. Continuer à imaginer ses seins. Les tenir, même en rêve.

Josselin avait trouvé un escalier qui menait à une ancienne buanderie. En bas, il avait arpenté les coins, longé les murs avec le souhait, la certitude de toucher un corps. L'écho de sa propre respiration l'avait guidé, lui faisant pressentir le périmètre de ce lieu inhabité dont le sol était parsemé de cailloux, de ferraille et de vieux tuyaux. Des flaques inondaient ses pieds, il y avait mis sa main et un liquide chaud, épais, avait recouvert ses doigts, il en avait alors cherché la source, rampant comme il le pouvait, et des deux mains il avait retourné la terre, et plus il creusait, plus le liquide se densifiait.

Et puis, Suzanne.

Même dans le souterrain, il avait pu l'entendre. Dehors, il avait fait le tour du terrain, sifflé pour retrouver Adalric mais il n'était plus là, tout était resté figé. Il avait pensé qu'il aimerait avoir la foi, cela faciliterait les choses, les jours, toutes ses questions trouveraient une réponse, ses regrets auraient une place quelque part, et puis si Dieu existait, ça voulait dire que c'était lui le responsable, lui qui avait imposé la nuit comme on enfermerait un homme pour le punir.

Du haut de la colline, il peut tout voir. Gommé par la nuit, le village entier s'étale, imaginaire. Josselin le connaît si bien qu'il peut le deviner, le reconstruire de mémoire en se laissant guider par les pignons des maisons qui sculptent vaguement l'horizon et par les cheminées endormies sous la lune, qui surgissent parfois dans tout ce rien, âmes rectilignes des foyers disparus où plus aucun bois ne chauffe. Plus loin, il peut se figurer le feu qui brûle toujours sur la place avec sa fine fumée qui s'élève telle une ornière et succombe bientôt à l'altitude, aspirée par le ciel. Voilà ce qui va leur arriver à tous, et cette pensée est comme de l'essence dans un moteur qui le propulse encore, et il marche allègrement, il refuse de les rejoindre, qu'ils se débrouillent. Il examine le clair-obscur devant lui. Il espère la trouver. Car s'il n'y est pas encore parvenu, c'est bien qu'elle se cache, qu'elle sait qu'on la cherche.

Elle est peut-être là. Plus haut, à tout voir, à rire de ce qu'elle voit.

Plus il essaie de l'imaginer, plus elle lui apparaît physiquement colossale, comme si penser à elle la faisait grandir, lui donnait plus de place qu'elle n'en avait déjà dans sa tête.

À l'orée d'un champ vide, Josselin reconnaît les terres de Bisson, il en a plusieurs dont il ne s'occupe pas, il a mieux à faire monsieur le docteur, et l'idée que ce type jouisse du simple plaisir de posséder ces terres mais de ne pas y toucher lui répugne. Le sol ici n'a pas été foulé depuis des années, aucune bête n'est venue paître, aucun engin ne s'y est enfoncé, jamais, et Josselin observe ce qui aurait pu lui appartenir s'il était né autrement, s'il avait été quelqu'un d'autre, eu un peu d'ambition, l'envie de conquérir, de se risquer, et il se demande pourquoi il n'a jamais eu ça en lui, d'où ça vient exactement ces choses-là, pourquoi son père l'a si longtemps dénigré, et sa mère qui voulait l'envoyer il ne sait où, pourquoi elle n'en avait plus parlé.

La tête lui tourne un peu. Josselin appuie fort sur ses tempes pour arrêter le vertige, oubliant quelques secondes ce qu'il fait là, ce qu'il cherche, et face à ce champ vide et sauvage, à ce village qu'il a toujours cru vaste mais dont l'étendue, soudain, lui paraît moindre, ridicule, il pense à ce qu'il possède, au maigre héritage paternel sur lequel il a compté, comment il s'en est satisfait, lui l'enfant unique et défiguré, la tête d'ange devenu monstre, il aura eu au moins ça. Mais comme il avait été paresseux à se réjouir de vivre sur ce que ses parents avaient construit et à ne rien faire, ne rien imaginer d'autre pour lui. Il n'en serait pas là aujourd'hui si seulement il avait fait les choses autrement. Il regarde ce champ et pense qu'il lui ressemble. Comme lui, il n'a pas changé, pas laissé de chance à la vie de le fouler.

Le silence l'enveloppe, la nuit aussi, et il ne peut rien faire que l'accueillir et se laisser porter par le vent, regarder la lune, attendre que quelque chose arrive. Il pense à la maison, à ce qu'il va dire aux autres qui patientent et espèrent qu'on les délivre. Le ciel est si profond qu'il se croit un instant capable de voir l'infini, d'en avoir pour la première fois la sensation, alors que la simple idée de cet infini le terrifiait depuis toujours, c'était ce qui l'empêchait de dormir quand il était petit, pas les ombres sur les murs ni les monstres sous le lit, mais l'impossible représentation de ce qui n'a pas de fin. Il sent son corps se relâcher, ses mains se desserrent et dans cette nuit qu'il veut combattre il se courbe, lâche son fusil et ferme doucement les yeux tout en se disant qu'il ne faut pas, mais c'est plus fort que lui, et son corps disparaît dans les hautes herbes qui exhalent un parfum moite et constant, celui des heures qui suivent la pluie, et en quelques secondes il oublie la vigilance et la colère, il s'écroule avec douceur.

L'herbe chatouille sa peau.

Il ouvre les yeux et, dans un même mouvement, il se lève et agrippe son fusil. Face au champ désert, il cherche le filet de fumée, disparu, et s'en veut déjà de s'être endormi, ignorant combien de temps il s'est absenté, tâtant son torse, ses poches, certain qu'il a été fouillé, volé, tournant la tête dans tous les sens, se hissant sur la pointe des pieds pour voir derrière les herbes, plus loin. Il veut savoir si quelque chose est arrivé, si les autres sont toujours là, si ses bêtes sont dans le coin, où elles ont pu aller, pourquoi il n'entend plus la cloche autour de leur cou, depuis combien de temps ces cloches n'ont pas résonné ? Plus il avance, auscultant toutes les parcelles de terrain, les granges et les enclos, tous les champs de ce village immobile, plus il mesure la gravité de l'événement. Il n'y a plus aucun animal, nulle part, ni chevaux, ni moutons, ni vaches, ni canards, même les oiseaux sont partis.

Il est arrivé en haut du domaine des Letourneur. Il reconnaît la façade prétentieuse, les fleurs qui délimitent l'allée et ornent tous les murs, la tonnelle qui abrite une large table en chêne massif, les coussins sur les chaises et le double garage, derrière, avec les deux bagnoles soigneusement lavées tous les dimanches. Il descend un peu pour mieux observer ces terres châtelaines. Il n'en revient toujours pas du choix qu'a fait Clotilde, Jean-Noël est un maire sans stature et un homme sans courage. Des années qu'il supporte le spectacle de leur couple. Clotilde dans sa robe de mariée, Clotilde enceinte, Clotilde qui dort juste là, touchée par un autre depuis tout ce temps, et lui qui n'a pas eu le droit de continuer à le faire parce que sa vie à elle ne faisait que commencer, d'autres hommes la voulaient, la voudraient, et le pire c'est qu'elle n'avait rien dit, après l'accident, elle avait fait mine de dormir quand il passait la voir, elle n'avait pas répondu aux lettres déposées dans la boîte, et les fleurs étaient restées sur le paillasson.

Derrière lui, il perçoit un mouvement dans le champ. Un rongeur, un renard peut-être. Jean-Noël avait fait passer le mot il y a quelques semaines, il disait d'ouvrir l'œil, qu'il y en avait de plus en plus, que « ces petits merdeux » rôdaient autour de chez lui, qu'ils cherchaient à se nourrir et allaient décimer les poules, les troupeaux, et Josselin lui avait dit qu'il n'y connaissait rien, que les renards n'étaient pas des loups et ne mangeaient pas les moutons, ils préféraient les poubelles, mais Jean-Noël avait persisté et fait installer des pièges sur son terrain. Josselin, ça le rendait malade qu'on méconnaisse autant la nature, qu'on ne s'y intéresse même pas, et poser des pièges c'était bien une idée d'incapable, de lâche. Il avait essayé d'enlever tous ceux qui avaient été mis. C'était facile. Paulin savait exactement où ils se trouvaient et ça l'amusait de « faire un coup » au maire qui l'embauchait peut-être pour tondre la pelouse mais qui ne l'estimait pas beaucoup, ça se voyait dans la manière qu'il avait de ne pas le regarder et de s'arranger, toujours, pour partir dès qu'il arrivait, comme si serrer une main, dire bonjour, faire son boulot de maire en fait, ça n'avait plus de sens quand il s'agissait de lui, Paulin.

Guidé par le mouvement qui persiste et grandit, Josselin avance, courbé, il est prêt, ne pas trop attendre, surtout ne pas bouger, ce sont des pas qu'il entend, il pense que c'est le moment, que s'il ne tire pas c'est lui qui mourra et puis les autres après. Ne pas réfléchir, il sait qu'il a trop réfléchi car les pas s'approchent et il n'a toujours rien fait, comme s'il avait le choix, alors il vise le noir, sa tête se vide et il tire.

Il entend un léger cri qui s'éteint aussi vite qu'il est né et il a maintenant la certitude que ce n'est pas un animal. À genoux sur la terre froide, il tâte les jambes qu'il trouve dans le vide et découvre un corps charnu ; il le secoue d'abord, veut le retourner, il cherche la blessure, où la balle a pu se loger, si du sang coule, et il sait que ce n'est pas elle, c'est Adalric qui est là et qui le dévisage sans rancune, tendant sa main pour prendre la sienne. Sa voix est claire, presque rieuse, il plaisante d'une situation dont il n'a peut-être pas pleinement conscience. « Adalric, je voulais pas, je...

— C'est rien, regarde... »

Adalric essaie de se lever mais bascule de nouveau à terre.

« Bouge pas. »

Josselin vide son sac et cherche un tissu, n'importe quoi, puis il avise ses propres vêtements, prend un couteau et découpe sa chemise dont il place les lambeaux sur la blessure, mais le tissu s'imbibe aussitôt.

« Ça suffira pas, je vais chercher de l'aide...

— Tu vas rien faire du tout. »

Josselin glisse son bras sous l'épaule d'Adalric et le soulève.

« Alors tu viens avec moi. »

Adalric s'accroche aux pans de la veste de Josselin qui le hisse. La blessure s'ouvre un peu plus.

« Arrête ! Je peux pas.

— Si, ça va le faire...

— Laisse tomber... »

Josselin s'obstine et attrape le torse humide d'Adalric, il veut le porter, il sait qu'il peut le faire.

« Laisse tomber, j'te dis ! »

Adalric se laisse glisser par terre. Il n'a pas l'habitude de hausser la voix. Il est d'une humeur égale, tous les jours, hermétique aux contrariétés, incapable d'un mot déplacé. Josselin le voit grelotter alors qu'il ne fait pas froid, c'est juste qu'il perd du sang.

« Lève-toi, allez. »

C'est la seule chose que Josselin parvient à dire et il cherche en vain une parole plus appropriée. Si seulement Adalric le laissait faire, il pourrait le porter, il en est capable, c'est lui qui croit le contraire, mais c'est parce qu'il ne comprend pas la gravité de la blessure, il faudrait lui mettre sous les yeux.

« Tu l'as trouvée ?

— Qui ?

— L'autre. La femme.

— Non.

— Alors qu'est-ce que tu fais là ?

— Je te laisse pas ici tout seul.

— Si, faut continuer. »

Josselin ne voit pas le visage d'Adalric mais il devine ses traits, la détermination de ses yeux noirs et doux, et quand il parle, la vapeur chaude qui sort de sa bouche se mêle aux volutes de la brume, et ce souffle est une preuve de vie qui rassure Josselin et le fait se sentir un peu moins coupable, même si c'est sa faute tout ça.

« Ça sert à rien. Elle est pas là. »

Le silence retombe.

« Faut que tu bouges. C'est une folie de rester comme ça. »

Josselin se penche de nouveau, il attrape le bras d'Adalric pour le mettre autour de son cou mais Adalric se dégage brutalement.

« Je sais ce que j'ai à faire et toi aussi.
— Compte pas sur moi pour te laisser là.
— C'est exactement ce qui va se passer. »
Josselin contemple le corps serein d'Adalric, sa main qui frôle l'herbe tandis que sa voix ferme tremble un peu.

« T'as une clope ? »
Il sort une cigarette, la pose sur les lèvres d'Adalric et actionne plusieurs fois son briquet. Il sait le plaisir que c'est, la fumée dans la gorge, même si le corps fait mal ou qu'on commence à ne plus le sentir, et il se dit que c'est tout ce qu'il peut faire pour lui, lui allumer une clope, la dernière chose peut-être, alors qu'il voudrait faire bien plus, et il se demande ce qu'Adalric voudrait, si une chose comme ça se demande.
« Qu'est-ce que je dis à Suzanne ? »
Adalric porte la cigarette à sa bouche et à chaque fois qu'il tire dessus, il plisse un peu les yeux et les garde fermés quelques secondes, absent du monde qui s'efface déjà autour de lui, satisfait d'un instant que la douleur ne peut pas lui prendre.
« Tu veux des enfants, toi ? » dit-il.
Depuis qu'ils se connaissent, jamais cette question n'a été posée. Josselin renifle l'air. Il pense être protégé par le rideau épais de la nuit mais ses yeux brillent faiblement et Adalric s'accrochent à eux comme à une corde dans le vide. Josselin se souvient d'une phrase de son père qui lui disait « Quand t'auras des gosses » comme si cela allait forcément arriver et que ce n'était pas une question de vouloir ou pas, cela arrivait, c'était la vie.

« Moi, j'en veux plein, genre trois ou quatre, tu vois ? »

Adalric toussote en parlant, mais Josselin sait bien qu'il fait ça pour libérer la souffrance et que cela ne s'entende pas.

« Que des filles ! »

Et il rit tout seul, posant une main sur son estomac fendu, le sang couvrant instantanément sa main. Il rejette sa tête en arrière et souffle profondément.

« Tu m'as pas vu, OK ? »

Josselin baisse la tête. Adalric insiste.

« OK ? »

Josselin fait oui de la tête.

« Allez, bouge.

— Non, je reste.

— Dégage. »

Une légère grimace habille son visage et disparaît.

« Je veux pas que tu me regardes crever. »

Josselin récupère ses affaires et s'éloigne d'un pas lent, il se force à ne pas se retourner, c'est facile, il suffit d'avancer tout droit, de le décider, mais parfois l'envie est trop forte, c'est ce qu'il se dit, et il se retourne, il regarde l'endroit qu'il vient de quitter.

Et Adalric dans le noir, là-bas.

16
Gautier

Gautier était en train de regarder tous les posters collés sur les murs et il essayait de distinguer ce qu'il y avait dessus quand il avait entendu le bruit dehors. De temps en temps, le halo de la lampe torche à manivelle que tenait Mado dans sa bouche, une lampe surpuissante puisqu'elle fonctionnait alors que toutes les autres étaient hors service, le halo venait vers lui et en éclairait quelques-uns, et l'espace d'une seconde il avait pu voir un cheval en train de galoper sans qu'aucun de ses sabots ne touche le sol et cette image pourtant fixe s'était animée lentement dans sa tête. Il avait remarqué aussi que certains bords de l'affiche se détachaient par endroits et avait demandé à Mado si elle avait de la Patafix, mais elle était occupée à remplir son sac à dos de crayons de couleur et de pinceaux, elle en avait tellement, Gautier n'en revenait pas.

« C'est un coup de feu, tu crois ? »

Et après un silence, Mado dit que « oui, sûrement », mais ça ne l'effraie pas plus que ça. Elle lui lance une paire de jumelles qu'elle a eue pour Noël dernier, elle le prévient qu'il n'a pas intérêt à les perdre, cela pourra leur servir, ça et la boussole qu'elle met autour de son cou.

En bas, Mme Bisson les attendait depuis un moment déjà mais Mado faisait comme si elle n'avait pas entendu et Gautier voulait répondre à sa place mais il n'avait pas osé, il avait juste dit « Mado, tu crois pas qu'on devrait y aller ? », et elle avait fait non de la tête, elle avait continué d'ouvrir ses tiroirs et des boîtes plus minuscules les unes que les autres qui avaient chacune une clef différente, et sans le vouloir Gautier découvrait toutes ses cachettes, il était heureux qu'elle lui fasse confiance à ce point, elle aurait pu lui demander de fermer les yeux ou même de sortir de sa chambre mais, vu la situation, les secrets ne servaient plus à rien. Et pour la remercier, pour lui donner lui aussi quelque chose, il avait sorti de sous son pull les crêpes qu'il avait volées pour les romanichels et qui avaient un drôle d'aspect. « Tu en veux ? » Elle avait dit non merci.

« Ma-do ! »

Gautier sait reconnaître un parent en colère. Mme Bisson avait l'air à bout. Quand sur la place, tout le monde avait décidé qu'il était temps de partir, elle s'était mise à paniquer et à demander « Vous êtes sûrs, est-ce que c'est prudent, et qu'est-ce qu'on emporte au juste ? » Et c'est la sœur de Mado qui lui avait dit de prendre « le nécessaire », et comme Pierre était reparti à ses affaires, que Mme Letourneur n'était pas encore là et que personne ne s'occupait plus de lui, Anna avait dit à Gautier de suivre Mado dans leur maison et qu'ils partiraient ensuite tous ensemble.

Gautier n'était jamais allé dans la maison de Mado, son père ne parlait pas trop à M. Bisson, alors cela ne favorisait pas les occasions, et puis Mado, il ne la connaissait pas bien, ses parents l'avaient inscrite dans une école privée et elle dormait là-bas la semaine, lui il allait à l'école publique, la normale, et il se demandait souvent ce qu'elle apprenait que lui n'apprenait pas, ce que cela changeait d'être dans une école pas comme les autres, pourquoi, surtout, elle était là-bas, parce que l'internat, pour lui, on y allait quand on avait fait quelque chose de mal ou quand les parents ne voulaient plus s'occuper de leurs enfants.

« Tu viens ? » Mado passe devant lui, équipée pour l'aventure.

« Donne ta main, dit-elle.

— C'est quoi ? »

Mado lui verse des petites billes dans sa paume.

« Tu vas voir, ça pétille dans la bouche. »

Et Gautier croque les bonbons qui instantanément se dissolvent sous sa langue.

« On arrive, maman ! »

Au lieu de descendre les dernières marches, Mado se hisse sur la rampe et glisse jusqu'en bas.

« Tu as entendu ? Le coup de feu ?

— T'inquiète, maman.

— Je ne sais pas si c'est prudent de...

— Tu prends tout ça ? »

Et Mado pointe du doigt les deux valises à roulettes près de la porte.

« Je sais ce dont on a besoin.

— Mais c'est trop lourd, maman, on peut pas, on va marcher !

— Jusqu'à preuve du contraire, c'est moi l'adulte ici. Tu seras bien contente de pouvoir te changer tout à l'heure, et ta sœur aussi. On ne peut pas partir sans rien, quand même. »

Mado hausse les épaules et sort. Gautier regarde Mme Bisson tenter de faire passer les deux valises en même temps qu'elle dans la porte. Il suffirait de les prendre l'une après l'autre mais elle n'y pense pas et elle s'énerve même toute seule contre un mur de pierre.

« Je vais vous aider », dit Gautier.

Mme Bisson passe d'abord et en faisant rouler la première valise, elle cogne le lion sur le seuil. Gautier touche son museau pour s'assurer qu'il n'est pas cassé. Il se rend compte que sa narine gauche est plus grande que la droite.

« Je ferme la porte ? »

Personne ne répond, alors il tire sur la poignée et la porte claque lourdement.

Mado et sa mère ont déjà franchi le portail. Gautier avance, déstabilisé par ce gros cube à roulettes qui n'est pas loin d'être aussi grand que lui. Il se rend compte qu'il n'a rien, aucune affaire à part ses vêtements. Il court pour rattraper Mado qui tape sur le cadran de sa boussole dont les aiguilles tournent dans tous les sens.

Sur la place, le feu s'est éteint. Gautier observe l'amas de cendres qui fume encore, il s'approche pour voir si des flammes ont persisté et il aperçoit de minuscules braises qui refusent de mourir et cherchent un peu d'air, quelques secondes encore et si personne ne les aide elles s'éteindront.

Mme Bisson appelle Anna mais elle n'est pas là, il n'y a plus personne ici. « Elle doit être devant, avec les autres », dit Mado, et Gautier voit Mme Bisson se mordre les lèvres, et son regard se fige tellement qu'il pense un instant qu'elle va s'évanouir. Mado lui prend la main, « Viens maman », elle a le visage clair, le sourire qui prend toute la place, si elle a peur elle ne le montre pas et elle est plutôt douée, ou mature comme on dit de ceux qui ont compris des choses, car elle prend sa mère par la main comme une mère le ferait avec son enfant, sauf que l'enfant, c'est elle. Au loin, Jean-Noël sort de la mairie et marche vers eux la tête baissée.

« Vous avez entendu ? » dit Mme Bisson.

Mais il passe devant eux sans répondre, sans même un regard. Il a sûrement entendu et c'est pour ça qu'il remonte à toute allure la route que les gens longent sans s'attendre, et Gautier remarque que de petites gouttes tombent sur son visage, il tend sa paume vers le ciel et attend qu'elles tombent encore, mais rien, il n'a pas rêvé ou peut-être si, et alors qu'il marche le long de l'herbe qui recouvre les bas-côtés, il voit des perles sur les tiges arrondies et d'autres encore qui pendent nombreuses et translucides sur les fils barbelés des clôtures, et il en touche une du bout d'un doigt, délicatement pour qu'elle ne s'étale pas, pour qu'elle reste goutte sur sa peau, et c'est une opération difficile parce qu'il sent qu'elle va s'échapper, se détruire, et il aspire cette eau froide et pure qui s'offre à lui. C'est tellement bon qu'il recommence.

« Gautier ! Tu viens ? »

Il rattrape Mado et sa mère qui avancent toujours. Le vent se lève et balaie légèrement sa nuque, le pousse un peu plus sur la route comme s'il avait besoin qu'on lui dise d'avancer plus vite encore.

Paulin marche tout seul devant, il rejoint ceux qui tournent au bout de la route et qu'on ne voit plus déjà. Et puisque tout le monde part, puisque même Paulin est là, Gautier cherche les autres qui ne sont pas revenus, Josselin, Adalric, son père, mais il sait qu'ils se débrouilleront de toute façon, et il observe les maisons ouvertes, la vie des gens qui se résume à un sac plastique, une ou deux valises, puis il jette un regard à la lune, il se dit que s'il y a une chose que son père et lui peuvent partager à cet instant, c'est bien elle, qu'où il soit il doit la voir aussi.

Un bruit sec, comme un battement d'ailes, réveille ses yeux. Les oiseaux, pense Gautier, les oiseaux sont revenus. Il les cherche dans le ciel boursouflé de nuages, alors qu'il n'y a pas si longtemps tout était lisse, bleu foncé, on distinguait les étoiles, et il voit quelque chose miroiter sous la lumière pâle, une forme qui fait mille manœuvres pour ne pas perdre de l'altitude et finit par en perdre, descendre vers lui qui tend ses mains, remonter puis chuter encore, au gré du vent qui s'épaissit et fait vaciller comme des roseaux les gens qui marchent devant, d'un côté, puis de l'autre, et Gautier saute pour l'attraper sans y parvenir, il s'élance plusieurs fois et la forme s'éloigne puis, à la faveur d'un souffle notable, revient vers lui. Gautier l'agrippe et ce n'est pas un oiseau, pas un animal du tout, mais, et c'est le plus bizarre dans tout ça, c'est un bout de papier avec quelque chose écrit dessus. Il le défroisse et observe de près les lignes noires irrégulières qui sont sûrement des phrases, les mots sont écrits si petits qu'il est obligé de les deviner. D'abord, il fait des suppositions. Il a l'impression d'apprendre à lire alors qu'il sait déjà le faire.

« Gautier ! »

Au milieu de combinaisons qui ne riment à rien et d'un mot, « ramifications », qu'il déchiffre mais ne comprend pas, il arrive à lire deux trois choses.

les petites
branches

vivre

la forêt

en

nous

Et le papier s'envole.

17
Anna

Ils étaient entrés dans le bois où la nuit était plus forte qu'ailleurs, le silence plus lourd encore et où il n'y avait pas de chemin, rien de tracé, et l'idée de revenir en arrière avait traversé l'esprit d'Anna, mais Pierre, alors qu'elle n'avait rien dit, lui avait serré la main et avait murmuré qu'il savait ce qu'il faisait, où ils allaient, il ne voulait pas qu'elle s'inquiète, c'était chez lui ici, si elle savait les heures passées à arpenter les environs, toutes ses empreintes laissées sur l'écorce des arbres, les promesses déposées là, la place que la nature lui avait faite. L'obscurité lui était familière, il fallait la suivre, elle n'effaçait pas le chemin, au contraire, elle les menait vers leur nouvelle vie.

Et puis, le lac était apparu entre les arbres. Pierre s'était arrêté et avait dit à Anna de regarder au loin, « Regarde les lueurs, comme c'est beau, cette lumière sur le lac, elle est à nous, tout est à nous, tu m'entends ? » Et elle avait hoché la tête, elle avait repris la marche vers le lac qui s'était mis à scintiller à mesure que, jubilants, ils s'approchaient de lui.

Anna regarde le lac, la fine vapeur qui stagne à sa surface, et à travers ce nuage elle perçoit l'eau calme et sans couleur qui attend en dessous. Elle s'avance, enlève ses chaussures, y plonge ses orteils. Le froid l'assaille.

Pour rejoindre la grotte, ils doivent nager sous cette eau, suivre les rochers et ils arriveront de l'autre côté, c'est l'affaire de trente secondes, peut-être moins. Trente secondes et ils seront sauvés. Anna veut rester encore un peu, regarder le monde une dernière fois avant de partir. Elle entre dans l'eau et elle dit à Pierre « Viens ! », et ils se baignent dans le lac blanc, ils font l'étoile avec leurs jambes et leurs bras, ils n'entendent rien que le ressac dans leurs oreilles, la rivière lointaine qui s'enfonce tout près et, par intermittence, la rumeur sous-marine, grondante, qui les appelle, et Pierre pense à ce monde qui les attend et les protégera, au ciel qu'ils ne verront plus, et il accepte cette idée car il y a pire que tout cela. Il y a la mort.

Ils nagent jusqu'aux rochers pour s'abriter. Pierre explique à Anna comme c'est facile. Ils vont s'engouffrer dans un petit tunnel, la roche leur servira de repère, il faut laisser la main glisser dessus, suivre l'eau qui se faufile, elle les conduira de l'autre côté.

Pierre nage, Anna le suit et la gorge les avale. Leurs mains caressent la roche et c'est comme un fil entre leurs doigts à ne pas lâcher, un fil qui les fait glisser, une ou deux secondes encore, ils arrivent, et le monde tel qu'il avait été, paysage, cours d'eau, nuages, rouges-gorges, le soleil qui chauffe la peau, la bise de l'hiver, ce monde ne sera plus et tout en avançant, son corps comme une ligne, un trait noir sur une feuille, Anna pense aux adieux qu'elle n'a pas faits, à la tempête qui arrive peut-être, au vide, à ce qui disparaît et à ce qui advient. Elle avance les yeux fermés, elle pousse fort avec ses mains.

Tout à l'heure, elle avait dit à sa mère « On se rejoint là. » Elle allait aider les autres, elles se retrouveraient après. Et elle avait vu Mado marcher à côté de Gautier et dénombrer les étoiles, et Anna leur avait dit « À tout de suite », quelques mots insuffisants, inaudibles, mais c'était mieux de se quitter de cette manière, sur une phrase anodine qu'elle avait prononcée des centaines de fois peut-être, une phrase façonnée par l'amour et l'habitude, se quitter sans se dire au revoir ni se regarder dans les yeux, sans s'étreindre. Sans le savoir. Avec les yeux, tout aurait été plus difficile. Elle avait vu sa mère s'éloigner, et Mado qui sautillait et se disputait les constellations avec Gautier.

Oh la grande casserole !

T'as vu la girafe !

Et elle s'était éloignée du village avec Pierre, ils s'étaient tenu la main, ils ne se lâcheraient pas. Ils avaient marché vite et puis ils s'étaient mis à courir. Ils ne faisaient qu'un dans le noir. Le bois s'était refermé sur eux puis ils avaient plongé. L'eau froide les avait pris.

Vite, ne plus rien voir.

Elle ne sait rien de ce qui l'attend, elle n'a plus le droit de douter. Tout ce qu'elle sait, c'est qu'elle ne reviendra plus.

Et sans rien voir, sans rien entendre que les ondes sous-marines et les petits tourbillons dans ses oreilles, Anna imagine Mado compter les étoiles à l'infini, et sous ses paupières closes, alors qu'elle manque d'air, qu'elle n'en aura bientôt plus, que la petite aiguille, toujours elle, s'est logée derrière ses côtes et lui déchire déjà sa peau, que le sentiment du corps de Pierre devant elle a complètement disparu alors qu'il était encore là il y a un instant, Anna est si bien, elle voit aussi ces étoiles. Elle se dirige vers elles.

18
Ethel

Les rideaux palpitent, fouettés par l'air qui se faufile entre les vieilles fenêtres. Dehors, le vent écrase les arbres, et au fond du jardin, la porte de l'étable se dévisse un peu plus à chaque bourrasque. Dans quelques secondes, elle s'envolera. Le gravier dessine dans l'air des figures éphémères qui s'obstinent à ne pas retomber et se fracassent d'un coup sur la tôle des voitures chancelantes, condamnées par un cavalier plus puissant qu'elles.

Tout le monde est parti, Ethel les a vus passer, même Paulin, même Suzanne qui l'a appelée dehors tout à l'heure et à qui elle n'a pas répondu, elle a fait comme si elle n'était pas là, figée, cachée par la porte d'une armoire à l'étage pendant que Suzanne parcourait les pièces et lui disait qu'elle partait, que tout le monde partait, « T'es là, Ethel, réponds-moi, t'es où merde ? », et Ethel était comme une enfant heureuse de n'être pas trouvée, heureuse et terrifiée, bien qu'elle n'aimât pas le reconnaître. De colère ou de désespoir, Suzanne avait claqué les portes, cogné les murs, un cadre était tombé et Ethel savait exactement lequel c'était, une peinture à l'huile, un paysage de collines avec trois arbres aux fines racines qui transperçaient la terre, espacés selon un calcul secret, un paysage auquel elle aurait voulu appartenir pour voir ce que ces arbres cachaient, ce qu'il y avait derrière, et l'ensemble assez enfantin avec ses couleurs primaires, le refus assumé de la complexité, lui avait toujours plu. Suzanne était finalement partie et le groupe s'était éloigné, Ethel ne les avait bientôt plus aperçus et c'était comme s'ils s'étaient aussi effacés de sa mémoire.

Elle écoute le flux et le reflux du vent qui fait comme les vagues et s'abat sur la matière, recule, prend de l'ampleur et revient à la charge plus fort encore. Elle vérifie que les fenêtres sont bien fermées, descend verrouiller les portes, place des meubles devant pour s'assurer qu'elles tiennent.

La pluie commence à tomber, verticale, contre le toit. Bientôt, les ravins débordent, des flaques se forment, les gouttières se tordent.

Ethel entoure ses jambes de ses bras et son corps ainsi rassemblé lui donne l'impression d'être entière. Dans une brèche de silence, alors que le vent semble reprendre son souffle avant de frapper encore plus fort, elle perçoit un bourdonnement. Le corps doré d'une abeille escalade une vitre et cherche une faille pour se faufiler à l'intérieur de la maison. Ethel l'observe résister aux remous et faillir être emportée. Elle colle son doigt à la vitre pour lui signifier sa présence, la chaleur qui l'attend si elle parvient à entrer, mais l'eau déferle et l'emporte, puis elle déferle sur la route et prend tout, feuilles, branches, cailloux, hommes peut-être. Ethel l'entend transpercer une partie du toit et inonder la chambre au bout du couloir. Un torrent court jusqu'en haut de l'escalier et glisse le long des marches et les minutes filent, les heures, elle pense au ciel enflé, à la route qui ne serpente plus. Fallait-il partir, le faut-il encore ?

Si la maison ne tient pas, alors Ethel sait qu'elle non plus ne tiendra pas, et contre l'eau d'acier qui frappe, elle se recroqueville encore un peu, serrant ses jambes pour ne faire qu'un bloc insensible au monde, et elle imagine la maison en train de s'envoler, les miettes de souvenirs, ce lieu bientôt sans mémoire alors qu'il n'y a pas si longtemps la chaleur divine réchauffait les framboisiers et sa peau, il n'y a pas si longtemps son collant trop fin s'était filé au restaurant, les bougies tardaient à se consumer et les yeux de Josselin l'avaient regardée peut-être, elle ne le saurait jamais, mais ce qu'elle savait déjà, ce qu'elle sait toujours, c'est son corps, qui se poserait après sur le sien, elle n'avait pensé qu'à ça ce soir-là, le premier, avoir son corps sur elle, en elle, alors même qu'elle ne savait rien de lui, à part ce qu'il ne pouvait pas lui cacher, la peau ravagée et la moindre cicatrice, et lui ne savait rien d'elle, il n'avait jamais voulu savoir, même son nom qui n'avait jamais été un sujet, une question, ni son passé ni rien, elle était Ethel et cela suffisait, la vie avait consisté à partager ses jours avec l'autre et c'était déjà bien, c'était peut-être tout ce qu'il fallait vouloir.

Rien qu'un bloc, une pierre et plus rien autour. Même pas le vent qui s'est tu ou les trombes d'eau qui ont cessé.

Ethel se lève et enjambe les livres, les tableaux, les tuiles tombés à ses pieds, elle franchit le seuil de la maison, se glisse hors des décombres, cherche la porte arrachée, observe le domaine inondé, l'eau qui stagne, lourde et calme, elle hésite, choisit une direction et marche. La route est toujours là, elle serpente, on la perd de vue plus loin. La nuit n'est plus si noire.

Une odeur de pluie flotte. Un cheval traverse un champ. Le meilleur à venir. Juste devant.

et c’est ainsi que tout commence
quand les alentours n’étaient plus et sont encore
que la terre s’est affaissée et se redresse

c’est ainsi que nous avons cru le monde venir à bout des choses
des êtres
alors que tout respire encore un peu
que nous avons toujours des jambes pour marcher
des bouches pour rire
des yeux pour rêver

ceux qui sont partis reviendront peut-être
et même sans voir le jour
nous savons de quel côté il est

Remerciements

Merci à Pierre Péju pour l'élan, à Bernadette Le Bras pour la chambre à soi, à Emmanuelle Sardou pour les rêves éveillés, à Johanna Lasry pour la lumière, à Florence Maletrez pour la main tendue, à Ollivier Pourriol pour son soutien infini. Et à Sarah Rigaud et Ambre Tahon-Franquesa qui ont passionnément cru en ce livre.

Dernières parutions

Domaine français

Catherine Bardon
La Fille de l'ogre

Frédéric Couderc
Hors d'atteinte

Dominique Fouchard
La Foire aux fiancés

Caroline Laurent
Ce que nous désirons le plus

Osvalde Lewat
Les Aquatiques

Marie-Diane Meissirel
Les Accords silencieux

Ivan Nabokov et Philippe Aronson
La Vie, les gens et autres effets secondaires

Grégory Nicolas
Mes sœurs, n'aimez pas les marins

Roland Perez
Ma mère, Dieu et Sylvie Vartan

Emmanuel Pierrat et Joseph Vebret
Ernestine ou la Justice

Julie Printzac
Guetter l'aurore

Akli Tadjer
D'audace et de liberté

Domaine étranger

Sarah Alderson
Week-end entre filles

M. J. Arlidge
Action ou Vérité

Jo Browning Wroe
Une terrible délicatesse

Meg Waite Clayton
Dernier train pour Londres

Jonathan Dee
Sugar Street

Hannah Gadsby
Nanette en dix étapes

Iona Grey
Les Heures étincelantes

Elin Hilderbrand
Un dernier été

Charlotte Mendelson
Accrochages

Lydia Millet
De l'espoir et autres créatures ailées

Daphne Palasi Andreades
Les Filles comme nous

Catherine Steadman
Emily a disparu

Emma Straub
Demain, même heure

J. Courtney Sullivan
Les Affinités sélectives

Rosa Ventrella
Les Enfants de Haretz

Rosie Walsh
L'Amour de ma vie

#lisez engagé !
www.lisez.com
Pour plus d'information :
Imprimé sur du papier issu de forêts gérées durablement.

Achevé d'imprimer en mai 2023
par Normandie Roto Impression s.a.s.
N° d'impression : 2301773
Imprimé en France